Todas as cartas de amor são ridículas

Diego Maenza

Traduzido por Daniela Ortega

www.traduzionelibri.it
www.diegomaenza.com

Todas as cartas de amor são ridículas

Diego Maenza

Traduzido por Daniela Ortega

PRÓLOGO

Abelardo olha para o céu. Sorri, satisfeito, como não se fazia há dias, como não fazia há semanas. As nuvens se amontoam em um cinza enevoado, premonitórias. Suas pernas, nervosas e excitadas, o levam pela calçada, mas sua mente está imaginando o encontro iminente com Eloísa, o amor de sua vida. Sob sua axila direita, ele carrega o manuscrito, apertando-o como se o protegesse antecipadamente da tempestade que se aproxima. Sinta a brisa roçar seu rosto, bagunçar seus cabelos volumosos, acariciar suas maçãs do rosto. Abelardo olha para o chão. Observa o lixo que vibra com o vento. Seus pés descem para a calçada, despreocupados, como seu instinto sonhador, como seus olhos inquietos que se desviam novamente pelas formas da paisagem nublada. Por isso, ele não percebe o carro que atravessa a avenida rapidamente, por isso, não avança para ouvir até o último e inútil momento a buzina desesperada do também imprudente motorista. O metal do veículo atinge o corpo de Abelardo. Sua pele range, sua carne se dilata, seus ossos se quebram, sua anatomia golpeada é ejetada vários metros na mesma direção da brisa. Certos respingos de seu sangue se confundem, se misturam, s integram ao capô do carro. A cabeça do garoto bate no asfalto e causa o trauma. A chuva começa a cair, muito delicadamente. O pedestre mais despreocupado, em que a natureza inquisitiva do ser humano estará mais focada em verificar os detalhes circunstanciais do que em direcionar sua atenção para o centro do incidente (talvez com a intenção de tirar proveito material da situação trágica), será a única pessoa que notará as quatro palavras que encabeçam o manuscrito que foi parar perto de um esgoto, aquelas quatro palavras que já começam a se dissolver por toda a página devido à insipiente garoa e que constituem o título do trabalho que o jovem Abelardo, gravemente ferido, deseja publicar: *Teoria dos afetos.*

CAPÍTULO UM

Falar dela (eu sempre disse isso e mantenho) é falar da criatura menos comum. O que eu poderia dizer sobre ela que não soe como algo usual ou uma frase fácil, um tópico banal? O problema não está na falta de histórias sobre as quais falar discorrer, a complicação acaba sendo o oposto, porque, de fato, existem muitas maravilhas que poderiam ser comentadas sobre sua vida. A questão é que não me decido sobre com qual deles dar início a esta história. E devo considerar com calma. Detalhar sua vida será um processo interessante, mas poderia ser um deslize indesculpável da minha parte errar por um momento. Talvez outro interlocutor mais loquaz seja a pessoa apropriada para capturar sua essência com precisão e objetividade; no entanto, minha pretensão é muito mais ambiciosa: nesse processo, preciso revelar o que ela significou para mim. Onde encontrar a fonte mais cristalina da verdade, senão nela? Para seus lábios, a mentira é proibida, e isso a capacita a fazer comigo o que ela quer. Sua luta para ser mulher forjou o animal mais utópico, que carrega uma idolatria desesperada pela vida. Ela gosta de amar... Ela gosta de me amar. Entrar em detalhes de seu ser seria profaná-la. Por acaso os crentes tentaram descrever seus deuses? Mas devo correr o risco, mesmo ao custo de não escapar ileso da tentativa. Seu caráter cru e imponente, os seios altivos que desenham curvas no ar, a voz de melodia pegajosa e doce, o olhar travesso me beliscando em carícias indeléveis, sua inteligência prática e o espírito generoso, a garra invisível de seus quadris batendo contra o vento em sua maneira peculiar de andar, seu senso de humor, o sorriso hábil projetando seu perfil picaresco. Ela é isso e muito mais. O protótipo da mulher perfeita. Um ser fictício transmutado em realidade. Seu nome é Eloísa.

Meu nome era Eloísa e já não sou jovem. Não depois de tudo que me aconteceu. Mesmo com o passar dos anos e apesar da juventude de minhas células, eu me vi devorada por uma velhice espiritual que preservei até hoje e que nunca saiu de minhas veias. O corpo é algumas vezes o reflexo da alma e outras vezes sua tortura. Porque nascemos em um tempo e em um espaço em que a beleza é sinônimo de sofrimento, mesmo que insistam em dizer o contrário. Eu era magra e bonita, graciosa e frágil como a gazela que mostra como é esbelta sem perceber que hienas e lobos famintos espreitam das sombras. Hoje, ao dizer isso, jovem amiga, posso até saber o que cada um deles pensava no momento do incidente. O primeiro, o gordo, havia notado minhas pernas finas e morenas, que se mostravam apetitosas para suas presas vorazes. O segundo, o mais forte, notou meus seios nascentes, pequenos botões que se projetavam da minha blusa e que incitaram o homem a mordê-los durante todo o trabalho. E para o terceiro, para o jovem, foi a luminosidade vistosa de meus glúteos, torneados e firmes pelos exercícios aeróbicos e pela dança contemporânea, que despertou o apetite. Eram todos uns porcos.

CARTA UM

Eu te desenho como se delineasse no mato suave da chuva um rosto imaginário e perfeito, cujas covinhas precisas se equilibram paralelamente nas bochechas. Eu te faço sorrir, fazendo com que as dores e obrigações costumeiras que dirigem seu rosto cochilem como projetistas do seu destino. Eu te faço viver como um desejo sonhado implantado profundamente dentro de você.

Iniciar uma carta de amor é tão difícil quanto iniciar uma história que não contenha nenhum elemento deficiente que possa revelar a plena satisfação do escritor com seu trabalho. Complacência que, no meu entender, aliás, nunca será preenchida, da mesma maneira que não será nesta carta de amor.

Transcrever sentimentos às vezes se torna uma dificuldade quase intransponível. Mutável a tarefa do escultor, que deve fazer com que o nariz fino do modelo e seus belos testículos brotem do mármore duro. Heroica a tarefa do pintor, que, misturando seus vernizes, alcança na tela a perfeição de uma mandíbula ideal, uns seios pequenos atraentes em contraste com o esplendor de uma vulva maquiada de penugem. Não menos árduo e complexo, se não impossível, é o trabalho do poeta, que, empoleirado em sua plataforma de lucidez, deve levar ao inacessível o que é palpável com facilidade, e, em um caso paradoxalmente análogo, tornar evidente as graças que sem sua intervenção seriam inacessíveis.

Com este muro me encontro neste momento não como pintor, escultor ou poeta, pois minhas faculdades não alcançam tanto. Eu colido com este muro não como artista, mas como ser humano. Minha alma (chamo assim o conjunto das minhas poucas qualidades, não penso além disso) se orgulha de pertencer ao lado que exalta a condição de ser humano acima de todos os artifícios do mundo, por mais sublime que seja. Antes de tudo, somos humanos, e como humano eu me expresso.

Às vezes me pergunto por que perco meu tempo escrevendo. A resposta não pode ser simples. Para denunciar os males que preocupam a sociedade? Não, definitivamente. Para descartar problemas pessoais, transformando a literatura em uma grande masturbação psicológica? Também não. Para alcançar fama e riqueza, ou para rejuvenescer a maneira como usamos a linguagem (não o órgão, mas o sistema de comunicação verbal)? Muito menos. E eu explico: Meu modelo a seguir, em sua atitude, é o do Escritor Sombra. Eu só penso em escrever e o resto não importa.

Talvez as respostas sejam menos pragmáticas do que geralmente se pensa. Trato de responder: Escrevo para entender melhor aquilo ao meu redor. Talvez a resposta seja a mesma que me dou sempre que questiono por que frequento a leitura: Para me tornar mais humano.

Eu me torno mais humano escrevendo cartas de amor para você? O amor aumenta porque escrevo uma carta? O amor pode crescer como crescem os bebês, os sapos ou os rios? Ou será que, quando escrevo uma carta para você, aos poucos, vou destacando (como se fosse um fractal infinito) as peças que compõem todo o amor e, assim, aos poucos, você vai ficando sem meu amor? O amor diminui como o idoso, a carne assada ou a fruta podre? Talvez a única resposta válida seja esta: Escrever levanta dúvidas, irresoluções, no mesmo sentido em que tentar descrever o cheiro acentuado de seu cabelo me deixa tão confuso, opaco, em comparação com o que minha cabeça despeja sobre mim. Ou da mesma maneira que seu rosto se torna, neste momento, a palavra que me escapa, ou como os elogios aos seus olhos que escorrem pela minha garganta com a perplexidade de alguém que está em êxtase e não tem mais prazer com histórias poemas.

Não, também não é isso. Não sei. Não tenho certeza.

Seu, Abelardo.

AFETO

O afeto surge do pâncreas e é diluído pela corrente sanguínea até retornar ao hipotálamo. É de cor âmbar, que simboliza a felicidade e a busca pelo bem-estar. Manifesta-se no infrassom e com um odor floral. Na simbologia universal, é representada pela lua. Nas cartas de tarô, identifico-o com A Força, que fornece controle e segurança. No zodíaco ocidental, eu o personifico com o signo de Virgem, ligado à espiritualidade, à ordem e à inteligência. No zodíaco chinês, eu o encontro no Coelho, cheio de prudência, ternura e harmonia. O afeto é líquido, e aponta para o Norte, montado em um Unicórnio, pois é virginal.

CAPÍTULO DOIS

Como costuma acontecer no processo de acasalamento da raça humana, nossas vidas foram reunidas por um destino arbitrário. Ela, quinze anos e no esplendor das menstruações; eu, com catorze anos e nas ilusões da masturbação. Uma reunião casual, uma feira da cidade e cinco dos amigos mais escandalosos foram suficientes como pretexto para o início de nosso relacionamento.

Ela era a garota mais bonita do ensino médio, e eu era um aspirante a galã que começara a abandonar a escola pela nova filosofia do amor.

Para mim, o início do nosso relacionamento foi terno. Para ela, não tanto. A motivação de sua abordagem foi motivada pelo desejo de ter um caso não comigo, mas com um amigo próximo. A ironia (e, por que não dizer, o romance) é que, no processo, ele acabou se apaixonando por mim. Eu a conquistei, ou nos conquistamos.

Talvez pretenda explicar os fatos recorrendo a abstrações complicadas, que um tolo se aventuraria a especificar em algumas palavras. Mas, enfatizo, meu objetivo é mais ambicioso.

Sua alegria transbordante diante da minha constante batalha com a melancolia; seu carisma e inteligência refletiam nos contornos de seus olhos pensativos e vivazes toda vez que ela era abordada por uma ideia ou sempre que procurava as evasões do mais oculto do imaginário para dar desculpas a seus pais sobre nossos encontros furtivos, contra minhas pretensões filosóficas; sua mania de bailarina contra minha mania de escritor. Tudo o tornava injustificável e, no entanto, caro leitor, amada leitora, você entenderá que, para nós, era o relacionamento mais intenso que as pessoas já tiveram no mundo, e espero poder comunicar adequadamente essa impressão.

A noite caiu de surpresa naquele final de verão. Havia saído da aula de dança que um jovem e belo instrutor europeu começara a dar na cidade e que acontecia à tarde nas instalações do instituto onde estudava. Lembro-me do dia em que ensaiamos uma dança turca que nunca dançaria depois do evento. A mãe de um dos meus colegas de classe se ofereceu para me levar para casa em seu carro. Eu recusei. Eu queria andar e esclarecer certas ideias da juventude.

Peguei o beco mais longo que margeia as árvores de teca e envolve a estrada na escuridão. As estrelas apareceram timidamente, e uma grande lua fez as pedras circundantes brilharem como vagalumes estáticos mágicos.

O destino queria que as três aves de rapina emergissem da escuridão. Um homem corpulento se aproximou de mim com a máscara de um arcanjo. Ele não disse nada e nada diria durante toda aquela noite angustiante, mas ficou no meio da estrada e abriu os braços na horizontal, como um sinal para parar, e eu percebi que ele era o líder do grupo. As outras duas silhuetas se juntaram a ele. Um jovem esbelto, de estatura não tão alta, de pele adolescente, usava a máscara de uma caveira. Ele disse: "Não pode passar", e o som de sua voz confirmou sua juventude. O indivíduo alto e atarracado usava a máscara de uma cabra. Sua voz era grossa como seu estômago e me repreendeu, dizendo-me para não gritar.

Meu corpo sentiu a palidez do medo. Meus pensamentos congelaram como meu corpo. Meu cabelo ficou arrepiado quando senti o contato forçado daqueles três animais. Como se aquele macho gordo fosse um bruxo e sua ameaça fosse um feitiço. Por mais que eu tentasse, não conseguia gritar.

CARTA DOIS

Na manhã em que acordei com esse tipo de revelação que me dizia que estava realmente apaixonada por você, me reconheci assustada. Talvez eu não tenha a imagem exata e não consiga descrever a sensação exata, mas a memória surge quase claramente, como um déjà vu esperando para ser capturado. Naquela época, eu era apenas uma amiga para você, uma companheira circunstancial a quem você recorreria nos momentos de tédio como a distração mais adequada para qualquer adolescente.
A outra manhã reveladora, na qual tive sua epifania, foi quando você me deu aquele beijo inocente. Quando cheguei em casa, me prostrei na rede e, enquanto o vento curto das ondas balançava meu rosto feliz, a memória do seu toque evocava sensações quase epilépticas, em solavancos internos, como insetos batendo no meu peito ou como vermes doces remexendo em minhas entranhas.
As manhãs... Talvez elas sejam um presságio ou algo parecido com sinais. As manhãs no instituto não eram agradáveis se eu não encontrasse sua presença no recreio, mesmo que fosse apenas para que sua boca desse um ou outro murmúrio, porque eu tinha que (como já lhe disse) sugar as palavras de você a

colheradas, uma metáfora verdadeiramente adequada para definir sua realidade na época em que você era um garoto pálido e quieto. O importante era perceber nossas figuras sentadas na banqueta, eu com as pernas juntas e as mãos no colo, e captar o eriçar de meus pelos, que interagiam com a batida dos seus movimentos, como dois imãs estranhos que, querendo se atrair, apenas se esfregam, em um vai-e-vem de tensão. Naqueles dias, comecei a me apaixonar por você, com suas longas pausas de silêncio, com seu olhar projetado no horizonte em busca de ideias, e isso me incentivou a explorar o enigma de sua prudência.

Era uma manhã em que você me esperava embaixo daquela chuva torrencial. Você insistiu em ir ao encontro, sem perceber que o mais prático era evitar o dilúvio e adiar nossa reunião até a saída do arco-íris. Era nas manhãs que nos reuníamos no parque da cidade, no canto que batizamos com um nome extravagante e que usaríamos como chave em ocasiões subsequentes, sempre lembrando que cada casal o apelidou com um nome moldado pelo relacionamento deles. Era uma manhã quando você roçou meus seios com a impudência de seus hormônios. Era uma manhã (eu quero sonhar assim) quando você acariciou minhas nádegas sobre o tecido de calças jeans muito odiosas.

Era uma manhã a primeira vez em que fizemos amor, embora nosso amor já tivesse sido feito muito antes. Talvez porque naquela época só tínhamos esses espaços nas primeiras horas do dia, quando o amanhecer começava, e acordávamos ansiosos pelo momento do encontro. E então chegavam as tardes, que podem não ser tão premonitórias, mas muito especiais. Quando o meio-dia se aproximava e eu estava jubilantemente me preparando para os encontros na cidade.

Nosso amor estava amadurecendo, e nós junto com ele, essas vidas tristes e arrependidas à distância, mas felizes porque, apesar de tudo, nos sentíamos próximos.

Lembro-me da época em que não tínhamos telefone e trocávamos mensagens graças a um caderno e a um cúmplice momentâneo. E depois de toda essa lembrança feliz, lembro nossas situações contemporâneas, aquelas que estamos construindo e destruindo. Um russo diz que mesmo os grandes reformadores da sociedade foram criminosos, porque, ao promulgar novas leis, aboliram as antigas, preservadas como sagradas. É por isso que digo que, para continuar construindo, precisamos demolir algumas coisas, exorcizar nossas falhas, praticar uma purificação em nosso relacionamento para não o deixar morrer.

Talvez eu não possa te entender completamente, é o mais provável. Mas aqui estou eu, tentando lhe dizer que quero interpretar os códigos do seu quebrantamento e seguir um caminho de mãos dadas. Talvez não seja uma solução radical e imediata, mas que sirva para ajustar o equilíbrio desse relacionamento que está oscilando como um castelo de cartas no banco de uma locomotiva com motor cheio.

Esta carta é um símbolo do meu compromisso. Sinto-me perplexa porque percebo que exigi demais de você e, em suas circunstâncias, você não foi capaz de satisfazer meus caprichos, não porque não o desejasse, mas porque a natureza de sua tristeza o absorveu, e eu não fui capaz de avisá-lo até agora, quando o dia está clareando após essa manhã de angústia.

Talvez as manhãs sejam agourentas. Porque agora a imagem me chega de um futuro hipotético, com seu corpo quente descansando ao lado do meu em um abraço matinal, em um despertar que tem muito devaneio, quando o orvalho destila o suor nas ervas próximas e o primeiro crepúsculo do dia traz à tona o calor que não será do sol, mas do nosso despertar.

Sai hoje, amanhã e sempre.

CAPÍTULO TRÊS

Nossa história começou no ensino médio. Uma garota exaltada gritou sua reivindicação contra o reitor com um trovão. Era a graciosa Eloísa. Delgada, com a cintura de porcelana e o rosto angelical, um coque atrás e o carisma transbordando de impulso juvenil. Quando nos conhecemos, pouco a pouco, uma proximidade disfarçada de amizade nos uniu. O momento mais importante dos intervalos era poder vê-la e cumprimentá-la com um olhar. As manhãs se empenhavam em me colocar ao lado dela. Gradualmente, minhas ilusões cintilavam; às vezes, exaltado, não cabia em mim quando ela me escolhia para uma conversa no recreio; outras vezes, tristes porque ela gastava seus minutos na confusão de seu grupo de amigos.

Certa manhã, depois de deixar o instituto e depois de participar de alguns jogos de uma feira instalada na cidade, caminhei por um beco pouco comum em meus trajetos com a intenção de voltar para casa. Eu ouvi gritos atrás de mim. Ao longe, uma gangue de garotas de uniforme desalinhado me chamava com as mãos para me aproximar delas. Um parque manchado de areia nos ofereceu seu piso como o único assento. Os comentários pueris (aos quais eu era um estranho) dessas ninfas me impediam de participar da conversa. Eu brilhava no meu silêncio, e elas olhavam para mim. Diga a ele, uma garota sardenta me disse, olhando para Eloísa. Os nervos apreenderam minha pele. Lembrei-me de que há uma semana havia despertado com a clarividência de estar apaixonado. Tentei trazer de volta um discurso de amor que revi alguns dias antes, mas as palavras voaram para uma dimensão impossível de atravessar. Eu ri timidamente. Foi quando ouvi a expressão: diga para si mesmo. O amigo mais próximo de Eloísa havia dito isso, e isso me incentivou a falar. Eu olhei para ela. Ela estava sentada de pernas cruzadas na posição de lótus.

Não demorou mais de um minuto para um beijo curto (curto no corpo, mas substancial dentro de nós) estar presente sob o abrigo dos olhos expectantes das meninas. O grito juvenil das companheiras que permaneceram em suspenso antes da minha declaração de amor ressoou ritmicamente, misteriosamente por unanimidade, como se preparado antecipadamente, revelando a consumação do ritual ao tocar sua boca na minha e finalmente extinguindo a virgindade labial de sua querida amiga.

Eu já fui virgem. Eu sempre pensei que o primeiro homem a quem daria minha pureza seria ele. Essa sensação de formigamento veio a mim toda vez que eu terminava de ler suas cartas de amor, inteligentes, apaixonadas e ridículas, como todas as cartas de amor deveriam ser. Afinal, tivemos um relacionamento de alguns anos.

Mas me afastei do assunto, querida amiga, e como você insiste em conhecer minha história, tentarei terminá-la.

Se há algo que ainda não foi apagado da minha memória, mais do que o registro visual, é o cheiro de seus corpos. Se algum dia eles me pedissem para identificar algum deles devido à natureza de sua construção, tenho certeza de que estaria mais errada em minha exploração do que se fizesse isso pelos seus cheiros.

O homem silencioso, a quem, com o tempo, preferi dar o nome de mudo, tinha um cheiro particular de óleo de máquina, como se seu trabalho fosse lubrificar as engrenagens de mecanismos complicados o dia todo. O rechonchudo cheirava a cebola velha, um cheiro que emanava de suas axilas que se intensificou quando gotas de suor caíram de sua testa no meu rosto. O jovem cheirava a canela, mas às vezes marcava uma fragrância desagradável de frutos do mar macerados.

O ataque do verme gordo era o mais atroz. Suportar o peso de sua corpulência tosca e repulsiva era o menos ruim, comparado a senti-lo em minhas entranhas.

CARTA TRÊS

> Sofre mais quem espera a
> carícia de seu amor ou
> aquela tristeza que não
> tem ninguém a quem es-
> perar?
>
> *A Poetisa*

Um francês garantia que as cartas de amor são escritas começando sem saber o que será dito e termi-
nando sem saber o que foi dito.

Sempre que escrevo para você, tento fazê-lo com
uma ideia fixa que vou desenvolvendo gradualmente. Isso não é algo que eu inventei, mas que tirei
de uma teoria do conto, segundo a qual as três primeiras linhas têm quase a mesma importância que
as três últimas. Entendi essa fórmula como a definição de escrita, em qualquer campo.

Mas vamos entrar no assunto. Uma filósofa africana
se aprofundou no tema do amor e, em seu trabalho,
que leva exatamente o título "Profundidade do ato
sexual", ilustra o lado passivo do desejo, que atinge
seu clímax quando satisfeito, e o caráter diligente
do amor. fonte de atividade. Ela o condensou em

uma frase poderosa: o amor é uma insatisfação infinita. Não há verdade mais irrefutável.

Essa é a tese que ela desenvolve ao longo de seu trabalho, às vezes um pouco hiperbólica, é verdade, mas nunca sem charme. A parte interessante é essa frase. O desejo, segundo a filósofa, culmina quando é satisfeito. Queremos algo e, quando alcançamos, bem, fim da história.

Mas quando o desejo está ligado ao amor é diferente: existe a possibilidade de que o desejo possa levar ao amor; o amado, irrefutavelmente o desejamos, acrescenta a filósofa.

Hoje, quero que sinta que, com minhas palavras, posso acariciá-lo, e não com o atrito prosaico que as delícias da modéstia nos pagam, mas com essas carícias indeléveis.

Assim como os bardos imortalizam seus entes queridos, esse praticante humilde deseja que eles possam glorificar seu ser com canções que refresquem sua sede juvenil, com poemas que o embalem à tarde. Declarar como estou apaixonado por você, deusa virginal e onipotente, dona do meu amor, escrava do meu amor, como as beatas escravas do Antigo Testamento, com uma sinceridade de cosmos como Proserpina, rainha infernal, ou alguma deusa pagã. Você é Musa da poesia. Você: mil mulheres em uma. Mil deusas em uma. Minha Pandora, minha Eva, minha Maria Madalena, tão purificada entre os beijos de Jesus.

Você, que sabe dominar meu espírito, é minha dona. E você está presente a todo momento. Porque sua memória afável me cura da melancolia: de suas palavras sussurradas ao vento e de seu rosto iluminando o espaço que poderia estar vazio, senão porque você adora este louco que vive apenas para você.

Seu ser é mais hipnótico para mim do que um conto fanático, tão envolto em mistério quanto uma história de suspense, mas ao mesmo tempo tão real e profundo quanto um romance de dureza realista. E não é uma contradição, porque às vezes você me acha tão preciso e paradoxal.

Com uma visão que vai além do cotidiano, tento alcançá-la e me aprofundar nas profundezas do seu amor. E eu posso ver através de seus olhos (que são infinitos receptáculos de clarividência, como uma bola de cristal seria para uma velha versada em cristalomancia, mas tão delicados e puros quanto o oráculo de Delfos), eu posso ver, ele disse, por através de seus olhos, aquela profundidade de mulher madura, essa força indomável que você carrega profundamente e me faz pensar na força de um deus. Às vezes você me parece divina demais para vir da descendência terrestre. Seus antepassados só podem ser os mesmos de Ariadne, divina casta de deusas.

Enquanto isso, só tenho um Minotauro sombrio que gira e gira no labirinto circular do meu cérebro, esperando que Teseu (amor divino que você professa por mim) rompa com seu fio nessa solidão brutal.

É por isso que me pergunto, junto com o poeta: alguém que espera pela carícia de seu amor sofre mais, ou aquela tristeza que não tem ninguém para esperar? Embora a resposta seja óbvia, a dor, quando é o produto de esperar pelo amor, não é amarga, e minha promessa parece que, mesmo tendo você por perto, nunca pararei de escrever cartas de amor para você. Porque você me ama e porque eu amo você, porque espero por você e porque você também espera, mas, acima de tudo, porque nosso amor sempre será uma insatisfação infinita.

Seu, onde quer que esteja.

GRATIDÃO

A gratidão deriva das mãos e deixa nossos braços em direção ao nervo espinhal. É de cor violeta, que personifica a temperança e a reflexão. É oferecida com um sabor doce e um perfume amadeirado. Sua efígie simbólica é a madeira, e sempre será esculpida neste material. Nas cartas do Tarô, eu a moldo como O Enforcado, que fica pendurado no galho de uma árvore e exemplifica a dedicação e o sacrifício. No zodíaco ocidental, eu a descrevo com o signo de Capricórnio, matriz de toda generosidade. No zodíaco chinês, eu a revelo no Javali, que nunca se ressente e é altruísta em espírito. A gratidão é condensada e segue para o oeste, atrás de um lobo que se alimenta do velho e elogia o novo.

CAPÍTULO QUATRO

Desfilaram nove dias para que minha humanidade entrasse pelo portal límpido de sua casa na comemoração de seus quinze anos. Cheguei cedo, com meu presente ensanguentado e inocente (na época, minha mãe trabalhava como costureira, e o presente que lhe trouxe era um corte de um pano barato) e com um sorriso que camuflava o nervosismo. Meia hora depois, eu estava sentado na sala principal, orquestrando o caminho para não dançar. No fundo, na antessala, as vozes raivosas de especialistas em conversas se intensificavam na mesma proporção em que o vigor da música aumentava. Certamente eram seus pais, parentes e pessoas próximas, pessoas de jantares de sábado, todos desfrutando dos prazeres da convivência do momento (ou pelo menos eu imaginei assim, porque não fui abordado pela curiosidade de observar quem eram, e arrisco afirmar que, mesmo que tivesse feito isso, provavelmente não teria reconhecido nenhum deles). A maioria dos meus colegas de escola me cercou. Minha incapacidade de interagir surgia a cada momento, e eu não sabia como responder: o animal da caverna estava enfrentando pela primeira vez o mundo da selva de animais selvagens.

Estava na hora da dança. Minhas pernas tremiam e imploravam por alívio do descanso. Não porque estavam cansadas, mas porque estavam envergonhadas por sua grosseria. Ela era a especialista e segurou minhas mãos como se quisesse me ensinar em um instante as danças que talvez eu não aprenda na vida. Não me lembro se dancei com outra pessoa. O mais provável é que não. Eu me aposentei com a antecipação imposta pelo relógio e, ao sair da festa, ela se despediu com um beijo na bochecha. A sobremesa, inacessível pela minha urgência, apareceu algumas horas depois na minha varanda. Seus braços delicados estendendo o prato descartável para mim constituíam mais um passo para me apaixonar.

Embora o homem gordo fosse o mais duro, o burro era o mais forte. Eles me apertaram por dentro e por fora, enquanto silenciavam meu desespero, cobrindo minha boca que gemia de consternação e desamparo, e minhas lágrimas caíam na calçada.
O jovem era o mais impetuoso e, ao contrário do que você imagina, nunca mostrou indecisão, e me atacou com a mesma predisposição que os mais velhos.
Certamente alguma alma assustadora terá visto a atrocidade. Tenho certeza disso, porque, ao longe, notei uma luz, um veículo que focou na devassidão e depois fugiu. Você pode pensar, querido amigo, que foi uma alucinação do meu desespero, como

aqueles paraísos aquáticos que os peregrinos do deserto imaginam na aridez de seu exílio. Poderia ter sido uma visão ou uma memória inventada pela minha memória envelhecida, mas tenho certeza que não. Era real, tão real como a besta de três cabeças que possuía meu corpo naquela noite.

CARTA QUATRO

Os meios de comunicação que temos hoje aproximam as pessoas a cada dia. As telecomunicações de imagem e áudio podem ser obtidas com o pressionar de um botão. A rede é um meio que cortou distâncias. Se um pintor antigo tivesse observado tal prodígio, certamente pensaria se tratar de alquimia poderosa. Se tivesse sido algum santo medieval a contemplá-lo, sem dúvida teria acreditado ser um artifício do maligno.

A tecnologia depende do tempo e avança com ele. Desde o momento em que o primeiro hominídeo capturou a primeira pintura da caverna, em alguma caverna esquecida, até o momento em que, em alguma parte do mundo, o menos experimentado da puberdade digita uma mensagem de texto no telefone, a intenção da comunicação não mudou. Somente os meios variaram.

Quando o ser humano foi capaz de formar uma linguagem articulada (oral e escrita), seu desejo de expressão foi fortalecido. Um dos meios mais amplamente utilizados de todos os tempos tem sido a carta.

As cartas de escritores romanos, políticos e oradores ainda são estudadas por seu valor literário, e as dos gregos antigos, por seu valor filosófico.

As Escrituras Sagradas estão cheias dessas manifestações. Os santos fundaram a teologia atual com base em epístolas. E o grande livro contém as epístolas aos colossenses, filipenses, gálatas, hebreus, romanos, bem como as dirigidas aos coríntios e tessalonicenses, onde os apóstolos continuaram a espalhar suas ideias.

Anastasia Dross, um renomado filósofo latino-americano, é conhecido por ter escrito, além de romances, ensaios, poemas e peças de teatro, mais de vinte mil cartas. Em média, Dross teve de escrever uma carta por dia.

No outro extremo está Alessandra Zimbardo, uma filósofa italiana que morreu no mesmo ano que Dross, para quem escrever uma carta era um processo exaustivo e um verdadeiro tormento. Zimbardo confessou isso em suas memórias: não consigo escrever nenhuma carta, cuja importância seja variável, que não exija horas de frustração.

As cartas foram tomadas como um recurso literário poderoso.

Um escritor francês, autor do famoso romance Cartas Persas, consegue, através de epístolas emitidas por dois personagens, fazer uma forte crítica à sociedade de seu tempo. Neste trabalho, nem a respeitada sociedade burguesa, nem as instituições políticas e religiosas, muito menos a literatura de sua época, foram poupadas.

Um dos casos que mais me impressionou, alguns

anos atrás, foi o trabalho de um autor islandês intitulado As tribulações da jovem estudante Dögg, que trata de uma jovem apaixonada que dirige os escritos de suas desventuras a uma amiga ao não poder se declarar ao garoto, desespero que termina em suicídio. Esse romance aparentemente influenciou bastante os jovens, meninas que, exaltadas ao final da leitura da peça, desencadearam uma onda de suicídios. Isso me levou a lê-lo. Uma enciclopédia nos diz: As tribulações da jovem estudante Dögg foram imitadas pelas jovens, não apenas no figurino, mas também em seu trágico final: diz-se que causou mais suicídios do que as palavras contidas em suas páginas.

Lendo, a mágica acabou. Entendi que era uma novela de seu tempo e que, em circunstância alguma, poderia influenciar a era atual.

As cartas serviram a um propósito: expressar situações, ideias, sentimentos, pensamentos daqueles que as escrevem. A tecnologia agora nos fornece gráficos eletrônicos, que fazem o trabalho de uma maneira muito mais rápida. Enviar mensagens de texto tem sido outro meio que reduz de maneira semelhante as distâncias. O predecessor inquestionável das mensagens de texto do telefone celular é o telégrafo.

Apesar do lado positivo, também gostaria de levantar algumas objeções. Embora essas tecnologias polidas reduzam o espaço e o tempo, elas sofrem do defeito do efêmero, enquanto uma carta real imortaliza o momento.

Essa é uma boa razão para considerar o valor de uma carta (no sentido tradicional) como insubstituível na manifestação e na exaltação do vínculo que formamos em torno de nosso amor. Então, eu gosto que escrevamos. Porque considero que as cartas (aquelas que foram escritas desde os tempos dos filósofos gregos antigos) contêm um grau muito maior de durabilidade e significado do que qualquer outro meio.

Talvez ainda existam pessoas que desejam, em imaginação romântica, aqueles que esperam respostas que levaram dias ou semanas para chegar. Imagine como seria escrever uma carta expressando tudo o que você sente ou sabe, como nossos bons filósofos fizeram. Embora o mais provável seja que, nos tempos atuais, as pessoas que pensam que o uso exclusivo de cartões tradicionais seja a melhor forma de comunicação sejam totalmente excepcionais. Por outro lado, cada época tem suas opções, e as pessoas se acostumam a seus recursos.

Alguns séculos atrás, começaram a ser publicadas as primeiras crônicas, o que um século depois foi chamado de notícia (e que hoje pode ser lido todos os dias, precisamente nos jornais), e as pessoas tinham outro meio de comunicá-las. O século XIX teve o telégrafo para unir povos e continentes. O século XX teve rádio, telefone e televisão. Agora, o século XXI possui recursos poderosos, como a Internet, e meios sem fio, como a tecnologia móvel celular. Os recursos que seriam implausíveis para nossos ancestrais são, no entanto, muito possíveis e diários para nós. E aqui vem o mais incrível e interessante. Recursos que para as nossas futuras gerações serão viáveis e comuns, para nós, hoje, nada mais são do que ficção científica. Muito provavelmente, nossos filhos e netos desfrutarão da estreita ilusão de um ente querido através de hologramas. Mas estou convencida de que a ciência não parará aí; ela conceberá deuses que, hoje em dia, por nossa pouca capacidade imaginativa, são inconcebíveis. Tão impressionante pensar que hoje os rotularíamos de belas imaginações ou, em casos mais supersticiosos, os chamaríamos de maldições ou milagres. Assim como algum santo da Idade Média teria achado uma maravilha celestial poder escrever uma mensagem no local em que encontrara, e que em poucos segundos ela poderia ter aparecido escrita em outro lugar muito distante. Ou assim como um pintor antigo teria achado um prodígio poder ver uma imagem em tempo real em uma tela simples.

De qualquer forma, é você quem decidirá, por fim, o valor que cada carta que escrevo deve ter, porque elas são destinadas a você e serão para você enquanto eu puder continuar escrevendo.

Sua, com cartas ou sem cartas (mas preferivelmente com elas).

CAPÍTULO CINCO

Os dias começaram a passar com um desejo crescente de nos sentir juntos. O hábito de ficar perto tornou-se uma necessidade tão imperativa quanto sua vontade de ir ao banheiro no recreio. E lá estávamos, conversando trivialmente, sentados nos bancos mais distantes.

Foram momentos sublimes, doseados por uma sensação que tocava em nossos estômagos. Seu sorriso me cativou e me enlouqueceu com aquela risada animada vivaz chamava a tenção até do mais distraído.

A coisa mais representativa nesta fase foi a minha timidez. Ela era extrovertida e faladora, e eu, um tímido, com as palavras na minha garganta. Ainda estou impressionado com o fato de podermos nos relacionar. Eu costumava pronunciar frases bruscas e entrecortadas, e ela as alimentava com uma conversa fluida e exuberante.

Com o tempo, uma velha amendoeira se tornou cúmplice serena. Envolveu-nos com sua timidez e fazia boa vela, entoando o violino do silêncio. Ela guardou os segredos de nossos beijos clandestinos que poucas vezes nos demos e que eram proibidos na instituição.

Na saída, me apeguei à ideia de caminhar ao lado dela e comecei a esperar por ela ao meio-dia. Com o tempo, esse ritual tornou-se uma ocorrência cotidiana e uma conversa de sete quarteirões nos envolvia diariamente.

O colégio de minha juventude era particular e a um quilômetro da cidade principal. Para chegar, era preciso atravessar uma ponte curta, de apenas cinco metros, suspensa sobre um dos fluxos do córrego. Então, havia duas bifurcações. A primeira era o caminho mais curto, através de uma pequena aldeia de apenas cem construções. A segunda era coberta por asfalto e, apesar de a rota ser mais extensa em termos de comprimento, uma vez que fazia fronteira com a cidade na forma de uma letra U, atravessando a área de florestas de teca pertencentes à família dos Reitor, era esse caminho que preferia percorrer em vários momentos de solidão, sem medo do isolamento no percurso por falta de luzes ou casas instaladas em suas margens. Isso explica em parte por que meus gemidos intensos nunca tiveram uma resposta de ajuda.

Naquela noite, esticada e olhando para o céu, pude notar, nos breves momentos em que abri os olhos em diferentes ocasiões, como o vento do início do inverno balançava as folhas de teca. Algumas delas caíram em meu rosto enquanto eu observava as nuvens que se aglomeravam e cobriam a luminosidade da lua. A escuridão ficou mais intensa.

CARTA CINCO

> Após um certo limite, o retorno é impossível. Você tem que chegar a esse lugar.
> *O Escritor das Sombras*

Dizia um homem sábio do passado que, quando sonhamos com o futuro, nós o desfazemos, que elucidar uma circunstância é, em certa medida, impedir que aconteça. Talvez essa mágica febril se deva à sua paixão pela metafísica. Esse indivíduo de sabedoria milenar buscava a união com o que as doutrinas antigas classificavam como absoluto, enquanto explorava a ideia de imortalidade, ou, pelo menos, simulações análogas.

Entendemos que nosso futuro é tão incerto que talvez imaginá-lo seja equivalente a destruí-lo. A única certeza que podemos ter sobre o futuro é sua qualidade de ser incerto.

Amar não é olhar um para o outro, é olhar juntos para a mesma direção, era o ditado de um escritor francês. E eu acho que essa é a máxima em que podemos resumir o que é estar apaixonado. Não é mais o futuro de um que interessa, mas o futuro de dois, que são um, usando uma expressão poética. Em outras palavras, um futuro compartilhado. Tomar decisões que terão consequências para os dois. E essa coisa das decisões sempre me lembra a complexidade das construções que geralmente são chamadas de labirintos. E este o último, isto é, o labirinto, me lembra a cabeça do touro.

Nos mitos clássicos, destaca-se a história do Minotauro, uma criatura bestial com corpo de um humano e cabeça de um bovino. Sua mãe era a rainha de Creta, Pasiphae, e havia sido inseminada por um touro branco que Poseidon havia dado a Minos, marido de Pasiphae. Quando a abominação nasceu, o rei Minos encarregou o inventor Dédalos de construir uma arquitetura capaz de manter oculto o ser híbrido, da qual ele não poderia escapar. Eles o trancaram no labirinto e ofereciam a ele, como sacrifício, jovens e donzelas, que Minos reivindicava como uma homenagem a Atenas. Quando o herói grego Teseu entrou em Creta, determinado a libertar a cidade da sombra daquele monstro, ele se ofereceu como vítima do sacrifício. A princesa Ariadne, filha de Minos, apaixonou-se pelo valente e decidiu ajudá-lo, oferecendo uma bola de fios, que o guerreiro foi soltando desde a entrada do labirinto. Encontrando o Minotauro adormecido, Teseu o espancou, e voltou à entrada do labirinto graças à ajuda de seu novelo.

A vida pode ser concebida como aquele labirinto de lendas. Talvez algumas de nossas decisões erradas sejam nosso Minotauro pessoal. Andar por um labirinto, eu sempre imagino, é escolher a todo momento os corredores pelos quais devemos passar. Mas agora estamos juntos, andamos por essas bifurcações inextricáveis, e poderíamos estar perdidos perder, a não ser porque temos esse um fio muito forte que nos guia pelo caminho que não devemos errar. Mas a vida é um labirinto que se faz enquanto a descobrimos. E talvez não somente ao nos mover, talvez também ao ficarmos estáticos estejamos fazendo esse caminho. É claro que, quando digo estático, estou falando figurativamente, apesar de ser impossível por causa do tempo, uma imagem em movimento da eternidade. Mas vamos continuar com o caminho. Eu digo que, se não andarmos, podemos continuar a formar os trilhos, porque até o ato de indiferença já implica uma ação. Agora que estamos juntos (mais juntos do que nunca), desejo que minha vida ao seu lado nunca termine. Gostaria de vê-la cercado por jardins floridos, gostaria de vê-lo andando pela vida sem obstáculos desnecessários. Mas são apenas desejos que podem nunca ser realizados, e não é porque eu prevejo um futuro desastroso, é porque sei o quão incerto é esse futuro. Ninguém pode saber, nem os cientistas loucos criando suas máquinas do tempo, nem as bruxas da esquina lendo um tarô ou prevendo eventos ao saber apenas um signo do zodíaco. Ninguém. Nem Deus. Como seria o cosmos se Deus corrigisse as falhas que cometemos no mundo? Não estou falando desses pequenos erros de que precisamos para ser humanos, mas dos grandes, que demonstram os animais que somos. Bem fez aquele poeta ao censurá-lo: Meu Deus, se você tivesse sido homem, hoje saberia como ser Deus. Mas não vamos nos afastar do assunto. Ainda estou focado na impossibilidade de conhecer o futuro. E focado, precisamente, na imaginação do meu futuro com você, do nosso futuro juntos. Porque só resta isso: imaginá-lo, o que pode ser equivalente a desfazê-lo. Talvez. Eu não sei. Às vezes fico triste ao saber que amanhã talvez não acorde vivo. Só sei que, enquanto acordar, estarei convencido de que no dia seguinte vou acordar de novo e te amar de novo.

Todos os dias tendemos a pensar que os exageros ameaçadores são carregados pela mente pessimista e que, se nos apegarmos à crença de que nosso próximo dia será realmente o próximo, podemos espremer dele, usando uma expressão popular, o suco da vida. Sem essa fé cega e mais do que qualquer coisa indispensável, tornamos o dia a dia mais suportável. Por esse motivo, tão trivial quanto profundo, planejamos mentalmente nosso futuro. Por esse motivo, acho que continuamos a nos amar. Porque esperamos que no futuro sejamos como desejamos. Por enquanto, continuaremos juntos, embora à distância.

O Escritor das Sombras disse que, após um certo limite, o retorno é impossível. É precisamente onde estamos. Agora, só temos o futuro.

Seu, Abelardo.

INVEJA

A inveja brota dos olhos e viaja para o nervo óptico. É de cor dourada, mostrando avareza e egoísmo. É revelada com um sabor ácido e uma sensação de queimação. Seu emblema cósmico é a estrela brilhante que não pode ser ofuscada. Nas cartas de tarô, refiro-me ao Diabo, uma imagem do materialismo. No zodíaco ocidental, eu a personifico com o signo de Gêmeos, próximo à duplicidade e à imitação. No zodíaco chinês, encontro-a no Galo, vasta em egoísmo. A inveja é ouro, é uma força gravitacional poderosa, acompanhada por um leão, e é altamente corrosiva.

CAPÍTULO SEIS

Os beijos na entrada da minha casa transformavam nossos momentos em alegria. A tarde parecia teimosa, com o sol ardente e as ruas cheias de lixo; e ainda assim o beijo estava lá, tão onipresente quanto a loucura dentro de um manicômio.
A rotina noturna era sustentada pelo beco escuro de uma mercearia onde ela fazia compras todos os dias. A conversa curta não era indiferente para nós. Os temas flutuavam da futilidade mais grosseira a algum tipo de expressão amorosa. E a felicidade nos surpreendia, alucinando no leve contato dos lábios no meio do caminho e em um sorriso de despedida.

Quem insistia em me beijar foi o rapaz da máscara de caveira. Sua prótese facial tinha uma grande abertura que lhe permitia esticar a língua. Ele lambeu meu rosto várias vezes enquanto procurava minha boca. Para fazer isso, ele tirava a pressão das mãos nos meus lábios. Foi o momento em que eu já não tinha mais forças para gritar. A luta era interna. Gritava-me que deveria resistir, que o Calvário logo terminaria, embora, no fundo, entendesse que era um consolo bobo e que o sofrimento seria eterno.

Seus beijos simulados eram pastosos e sua boca cheirava a vísceras podres.

CARTA SEIS

Durante meses, não consegui especificar uma frase aceitável que justificasse minhas limitações, tanto intelectuais quanto sensitivas, ao sentar no teclado. No primeiro caso (ou seja, no puramente intelectual), tentei (e tratei de desenvolver) uma ideia que me ronda com perversidade e exigência; então, sinto-me como a garota que à distância só pode observar os banquetes que fizeram os mais velhos (quando leio as grandes escritoras, pois elas já escreveram: já jantaram) sem poder se aproximar da tão esperada comida (poder escrever); o filhote não tem penas para poder voar e se aproximar do banquete. No segundo caso, no que se refere ao sensitivo e, especificamente, às cartas que eu sempre escrevo para você, estive pior do que nunca. Eu gostaria de poder explicar o porquê e não me estender. Muito já foi dito sobre isso, e é objeto de angústia literária. Aquele sentimento de inquietação profunda que é experimentado nos momentos de pico. Como a ideia que tive na cabeça por esses dias e que não sai, ela não desaparece. Então, procuro um paliativo para lidar com a vida dessa maneira; e, mais do que um remédio temporário, é uma droga duradoura, ou melhor, já que estou usando a imagem médica, a vacina definitiva para acabar com o mal que me aflige: aquela angústia de me sentir capaz, mas não apta o suficiente, para relembrar o que posso fazer, mas com profunda impotência para garantir que o caminho da preparação seja mais árduo e, portanto, mais desesperado, que diminua, que frustre, em certo sentido. É claro que a imagem da ideia está lá, não desaparece, cresce todos os dias, tentando tomar forma, dando-se as respectivas coordenadas a serem desenvolvidas com calma e perfeição (palavra pretensiosa), embora isso só agrave o meu estado: preocupa-me mais não vê-la capturada em uma página e que esteja apenas aqui na minha cabeça, andando por aí, observando-me. Ás vezes acho que pertenço a ela, e não o contrário, ou seja, não é que me sinta destinada, como uma espécie de profecia em que devo realizar tarefas que resgatam a humanidade, longe disso, mas me sinto a mãe das minhas ideias (porque sou e, como mãe responsável que devo ser, preciso dar a elas a forma correta, fazê-las crescer com dignidade, que se desenvolvam com força, e para isso exigem condições adequadas, pois você não pode ter um filho se não tiver comida, ou seja, pode, mas não deveria, assim, da mesma maneira, não seria responsável da minha parte fazer nascer minhas ideias diante de minhas profundas limitações). Ainda não estou em condições de gerá-las e prefiro que, no momento, elas ainda fiquem lá no ventre do meu cérebro, fortalecendo-se dos nutrientes que estão ao seu alcance, para não abortar ideias e abortar livros, como tantos que pululam nas vitrines.

Mas eu estava falando sobre meu remédio, sobre minha vacina. Não quero mais falar sobre a doença, porque seria voltar à angústia e seguir em desespero. E minha chance é pensar em você. É como receber imagens de um planeta inexplorado e descobrir, pouco a pouco, como as partes de sua natureza são montadas, e tentar entender aquilo, sem dados suficientes ou o método necessário para rastrear até o canto mais íntimo dele, mas com o espírito de admiração que me encoraja a buscar mais além do que é visível. E, apesar de me deparar com a consciência de que os limites impuseram o que é conhecido, talvez esse amor, ou esse pensamento em relação ao amor, ou esse sentimento que me invade que pode ser a manifestação mais pura do amor, me reduza a um elemento íntimo que corresponda à exploração que você realiza do seu lado do universo. Portanto, somos o mesmo método, os mesmos dados, formados da mesma natureza sideral ou microscópica (chamem-se vidas ou amores, e podemos nos ver em microscópios ou telescópios, é o mesmo se nos virmos pelo olho de uma agulha, porque somos feitos da mesma natureza indomável).

Sim, pensar em você e ser absorvida até me consumir. E encher-me com sua luminosidade, como aquelas estrelas raras que não permitem que sua luz apareça e que, na intensidade de seu amor, atraem

qualquer astro que se aproxime, assim meu amor te
atrai até tentar esgotá-lo, porque eu te amo com
uma paixão que beira o egoísmo, mas que diz respeito apenas aos dois, a você, a mim, ao microscópio ou ao olho pelo qual podemos nos ver, já disse-
mos que isso não importa. E você pode perceber
essa naturalidade em mim ao falar sobre o seu ser,
talvez porque tenhamos atingido o limite, a barreira
que pode separar o que já está estabelecido com o
que provavelmente nunca acontecerá (isto é, com o
seu oposto, com o que certamente acontecerá) e
que não estamos apenas tentando atravessá-lo, mas
as oscilações de nossas decisões, de nossas concep-
ções de vida, de nosso caráter indomável, estão nos
levando através de buracos e paredes, através de pa-
liçadas e turbulências que são à medida justa de
nosso raciocínio. E talvez ao virar da esquina ou ao
longo do dia possamos encontrar o paradoxo de fingir ver um arco-íris de possibilidades no que pode
ser uma ofuscante aurora boreal. Raciocínio pelo
qual, graças à minha inquietação diante da vida, em
cujo estado horrível eu caio diariamente, decidi começar a redigir este escrito para você, para tirar um
pouco daquele maldito halo que gira, como poeira,
sobre meus dias.

É por isso que estou aqui hoje de manhã, uma manhã como qualquer outra, mas ao mesmo tempo diferente, porque estou escrevendo e espanando não
apenas ideias (vamos deixar as ideias como um feto,
lembre-se de que não queremos abortos), mas sentimentos.

Dor, tão intensa em nossas decepções, e temos que celebrá-las um pouco, e não condená-las ao esquecimento na lata de lixo de nossas memórias, e nos agradar nelas, pois assim aprenderemos um pouco mais sobre nós mesmos, sobre nossas naturezas insuportáveis, e sentiremos como somos humanos, porque sentimos com paixão e intensidade, porque você é um jovem virgem, um rapazote de sentimentos intactos, cujas lágrimas fluem como fontes de purificação. E do outro lado está uma garota que, embora possa ser sua irmã ou sua filha, é a mulher que estará ao seu lado como seu destino, transformada em seu destino, ou seja, ela será sua filha e sua mãe ao mesmo tempo, mulher e irmã ao mesmo tempo, sua senhora e serva, apenas sua. E você: o escravo e o senhor, o príncipe transformado em governante, o servo transformado em senhor, o pai e o filho. Porque o destino está ligado a um ponto que poderia ter sido qualquer um que não fosse o nosso e no qual nos reconhecemos como dois velhos amigos tomando uma xícara de chá ou como a donzela que se descobre diante do espelho da manhã.

Desilusão, porque chegamos ao acordo de nossos olhos e de nossas águas através das quais o desespero e o abandono se retirarão para dar lugar, majestoso, àquele estado de equilíbrio no qual poderíamos até passar um camelo pelo buraco de uma agulha.

Amor, finalmente, porque na celebração de nossos sucessos está o calor de um par de lábios que juntos atravessam as barreiras da necessidade e dos fatos, quebrando causas e efeitos e tendo mais efeitos do que situações. E a celebração frontal, a dança harmônica de nossos poros, respirando o mesmo elemento ao mesmo tempo em que nossas bocas consomem a mesma respiração e a mesma saliva, entrando na parte mais remota de um lugar que, se não longe, profundo. Abismo de abstrações e necessidades, conglomerados cheios da vitalidade da juventude condensada em sua pele, e a demanda dos meus olhos ao serviço do seu ser, explorando você, inspirando você, sem deixar de se surpreender. Quando olhamos para a lua nessas fotografias cosmológicas e nos perdemos no abismo de qualquer cratera, entende-se que não é um pouco apreensivo os pequenos eventos, as pequenas carícias, mas eles são mais necessários do que nunca, mais necessários do que sempre, e é outro tipo de angústia que invade esse tempo: a doce, a da espera, e é um desespero tenaz que se apodera da minha mente, essa que ainda não controlo e que faz de mim o que quer: seu brinquedo.

Por isso penso em você mesmo quando não penso, porque você é mais do que paliativo, vacina (já disse, não?). Oh, sua imagem nos meus sonhos é algo de outro mundo! Porque eu sonho com você como não sonho com riquezas (porque você é minha abundância), nem com fama (você é minha passagem para a fortuna), nem com desejos de grandeza (você é meu macrocosmo, e eu vejo você no microscópio ou a olho nu, não importa), e isso me completa: o sonho de ter você lá, naquele momento, mesmo que você esteja em outro espaço.

Algumas mulheres antigas consideravam o amor algo prejudicial e identificavam com loucura o sentimento acima mencionado: quem ama (vociferavam em fóruns e tribunas, em complexos louvores) é louco, e quem não ama é sensato; e é preferível conceder nossos favores a quem ama do que àquele que não ama; é preferível a loucura à sensatez.

Este mundo criado por poetas e pensadores antigos é fascinante. Transbordar de amor até atingir a loucura deixou de parecer bonito, e queriam nos convencer de que nossos tempos frenéticos não são para isso. Contudo, apenas nossa profunda convicção de fingir que nos conhecemos completamente e nosso interesse radical em levar calmamente o timoneiro em meio a tempestades nos dirá se existe um limite para o arrebatamento da lucidez.

Agora, nesses momentos de tristeza ou de transições mais felizes e mais cautelosas, digo-lhe o que a amante do Cântico dos Cânticos disse a seu amado, a quem ela celebra: *Levante-se, meu amado, meu belo, e venha comigo, pois as águas cessaram e o inverno já se foi.*

Para sempre sua.

CAPÍTULO SETE

Uma briga tola nos pegou na igreja de uma cidade estrangeira. Se considerarmos nossas divergências mais relevantes, esta foi a primeira briga. Naquela manhã, suas bochechas, perfeitas, exibiram o hálito característico de alguma divindade neopagã daquelas representantes da arte renascentista. Seu uniforme de majorette moldava sua bunda como a de uma bailarina. Sem que percebesse minha presença, eu me aproximei dela, abracei-a por trás e a acariciei com um beijo na bochecha. Ela ficou assustada e se acalmou novamente quando me reconheceu. No final do desfile comemorativo da cidade do qual participávamos, nossa discussão foi forjada.

Não demoramos muito para nos reconciliar, e o amor espirrou por todos os lados, como acontece com a pipoca sob a pressão do fogo.

Outras divergências nos marcaram, mas sempre recorremos à memória daquela briga inocente no dia do desfile e reconsideramos que o ato atroz de discutir constituía uma heresia para a vida e para o nosso amor.

O que iniciou a discussão foi o crânio. Disse ao machão que era a vez dele, e o homem gordo reagiu violentamente. O mudo continuou em silêncio. Percebendo isso com a distância adequada e com a objetividade do caso, era realmente a vez dele, mas quem se importa? Eu muito menos. O que me interessou foi o momento de sua distração, que aproveitei para tentar me levantar. Imaginei fugir para a floresta, me perdendo entre as árvores sob o luar difuso que estava se tornando cada vez mais opaco. Uma dor intensa no meu abdômen inferior me paralisou e me impediu de me mover. Um gemido oriundo da minha dor física e da intensidade da minha dor pairou sobre o silêncio do campo. O mudo reagiu. Ele empurrou o homem gordo, que caiu na calçada, pesado e flácido, e assumiu o controle do jovem crânio, dando-lhe com uma mão aberta um golpe na nuca que retumbou entre as cascas das árvores. Ambos entenderam que seria a vez do chefe.

CARTA SETE

Eu, o inimigo número um de Deus e o inimigo número um do diabo, aquele que personifica o ceticismo mais severo, o assassino de crenças, o domador de superstições, o guardião da razão e das prováveis verdades.

Eu, a criança ainda viva, a caprichosa, a triste e a solitária (como nosso cavaleiro de La Mancha), com ideais extraídos do mundo dos livros.

Eu, o amante inveterado da música, o odiador de injustiças clericais (eu já disse que não gosto de padres? Bem, se não contei, faço isso agora: não gosto de padres!).

Eu, aquele que se orgulha de ser um eremita e impiedoso, o inventor de histórias, o suposto aprendiz de filósofo, o fracasso latente, com uma alma negra (que metáfora!) E com uma consciência leve.

Eu, o mesmo para quem a palavra alma nada mais é do que um recurso poético, consciência é um disparate, e os pecados, arrogâncias dos exploradores da ignorância.

Eu, a mais pura encarnação do meu próprio ego, curvo-me à sua presença, porque sou capaz de amar você como nenhum deus a amaria, porque sou capaz de amar você como nenhum demônio desejoso de você o amaria.

E como não posso me curvar diante do dono do universo, a quem suas próprias palavras se ramificam em infinitas e belas polissemias de admirável concisão... palavras que revelam docemente minha vida. E como não me curvar ao trabalho mais perfeito da natureza, aquele que seus átomos me envolvem em um intrincado labirinto de atração, que me faz me perder por caminhos indefiníveis. Esse prodígio só é produzido por você, porque você tem a magia voraz de um ser mitológico e, ao mesmo tempo, possui a realidade mais atroz que um conto de fadas e bruxas podem imaginar.

A coisa real é você. E o real é atroz.

Em palavras definíveis, você é minha realidade. Carregada de alegria e tristeza. E não há nada melhor do que viver na realidade, assim como não há nada pior do que viver na realidade. Isso mesmo, Eloísa. Contraditório, certo? Mas real. E, no entanto, ainda estou embarcando no veleiro de sonhos e devaneios, atraindo com a rede de fantasia essas ideias saltadoras. Eu sou seu Dom Quixote, cansado de tanta literatura, e você não é minha Dulcineia del Toboso (uma estúpida idealização), você é muito mais que isso, você é meu Sancho, meu companheiro que me permite ver caminhos de lucidez entre tantos e tantas reviravoltas da imaginação. E assim vivemos, com minhas loucuras cavalgando a irrealidade e com sua realidade dominando minhas paranoias. E, no entanto, continuo sendo o cético fiel, o incrédulo por excelência. Porque aceito a invenção como um tipo de profissão gratificante, mas não como uma doutrina, porque admito as histórias como fantasias puras e não como fatos reais, porque admito as Sagradas Escrituras sem interesses de dogmatismo, porque as interpreto como os livros que encabeçam a literatura de tendência fantástica. Mas vamos deixar a literatura de lado, embora ela tenha se tornado uma parte fundamental de nossas vidas, ela é relegada quando se trata de escrever, um tópico muito paradoxal, porque, precisamente ao escrever, estou fazendo literatura, mas não necessariamente literatura para a literatura, mas sim literatura exclusivamente para você, ou talvez para o esquecimento.

Louvar você me satisfaz. É como tirar um grande peso de mim. Estou convencido de que, se não soubesse escrever, certamente ficaria louco, por não encontrar uma maneira de descarregar todos os meus pensamentos ... todos os meus sentimentos.

Seu espírito rebelde, cheio de um ânimo inatingível, mas capaz de desmoronar nas circunstâncias mais adversas, faz de você uma criatura de admiração. Porque você é forte e me mostra isso todos os dias, mas também é inteligente, sensível, doce, amorosa à sua maneira, a maneira que eu vim a entender que é a certa. Você é um ser humano completo e correto, e é um dos poucos que restam. Você é alegre, divertida, responsável quando se trata de seriedade, e, por que não o dizer, sim, você é madura... embora, friso, à sua maneira. Eu olho para garotas da sua idade com a apreciação científica que apenas um sociólogo ou talvez um filósofo poderia usar e percebo que elas são garotinhas diante de você... da sua maneira de ver o mundo.

Mas eu sou um idiota. Eu comparei você. Como posso levá-la ao nível de comparação! Fazer uma comparação entre você e qualquer garota é tão tolo quanto querer colocar uma obra do Grande Pintor com um desenho meu.

Fisicamente, você é linda, com um passo imponente cheio de arrogância, com um olhar extravagante, um sorriso levemente prosaico, mas profundamente encantador, com os quadris envoltos em um balanço que é impossível passar despercebido e com suas pretensões de mulher livre. Esta é uma cena em que descrevo você modelando na calçada de qualquer rua. Você é um fenômeno (entendendo a palavra no sentido de algo extraordinário e surpreendente).

E tenho sorte, porque posso me sentir seguro de ter você. Porque você é minha, mas não no sentido grandioso dos palavreados de Romeu e Julieta, que se expressam como se fossem posses. Você não é minha possessão, porque possui o que tomou, porque possuir é ter algo sob seu poder, mas você se entregou a mim por vontade própria, e isso é muito mais gratificante do que possuir. Eu posso dizer o mesmo de mim. Portanto, você é minha e eu sou seu por rendição mútua, e de forma alguma por qualquer tipo de imposição ou compromisso.

E você é minha. Porque ninguém será capaz de conhecer aqueles seus olhares íntimos que são projetados como um rifle sniper e caem diretamente onde você deseja que caiam, porque esses olhares são apenas para mim. Porque ninguém, exceto eu, será capaz de se maravilhar com seu sorriso de prazer, aquele rictos quase angelical, e digo quase por que é realmente superior. Porque ninguém nunca terá a oportunidade de saborear aqueles beijos que você inventou só para mim... ninguém jamais os conhecerá.

Porque seus beijos me cativam, porque são únicos. Porque tive o privilégio de conhecê-los. E, para ser um pouco poético: porque você é tão mulher que até o próprio Dom Juan, um amante por excelência, e amante não apenas de uma mulher, cairia prostrado aos seus pés, completamente louco de amor, abandonando seus dons de mulherengo inveterado para ser fiel até a morte. Porque seus quadris de lírio são capazes de impressionar qualquer um.

A vida vale muito, mas apenas se eu estiver ao seu lado. E, para ser realista, um dia nossas vidas terminarão e nossa luta incansável contra o dia a dia estará na memória curta de algumas pessoas, e elas se lembrarão de que fomos soldados da guerra do tempo e da distância.

E embora o Senhor acima já tenha sentido vontade de sair da galáxia e o Senhor abaixo não dê a mínima para o que fazemos, a natureza continua e continuará com seu constante porvir, latente e cruel, e tenho certeza de que muitos séculos depois, quando estes dois amantes já tiverem desaparecido e ninguém se lembrar de que alguma vez existimos, um casal rebelde contra as convenções e livre de preconceitos, embora em conflito com as circunstâncias de seu tempo, se lembrará de nós sem se lembrar de nós (isto é, eles imaginarão o passado) e perceberá mais uma vez que a força que guia o mundo desde tempos imemoriais não são os amores satisfeitos, mas os que foram contrariados.

Seu até o último segundo da minha vida.

EUFORIA

A euforia emana do estômago e desce pelo esôfago até o nervo facial. É de cor amarela, que incorpora energia e iluminação. É descoberta no ultrassom e com uma essência defumada. Sua alegoria universal é o Ar. Nas cartas de tarô, eu a determino como O Louco, irregular e caótico. No zodíaco ocidental, eu a represento com o signo de Aquário, anarquista e desordenado. No zodíaco chinês, eu a encontro no Macaco, com uma mente rápida e despreocupada. A euforia é o plasma e flui para o sul nas garras de uma Águia e celebra a morte dos impuros com o nascimento dos impolutos.

CAPÍTULO OITO

Lembro-me de uma tarde de verão. O sol brilhava violentamente. A escuridão da minha sombra, projetada na areia, brilhava a cada passo. E aqui caminhava Abelardo, fazendo malabarismos com minha alegria, com o coração fervendo de felicidade, com o prazer de saber que em alguns minutos eu estaria ao lado dela.

A entrada para sua casa estava mais limpa do que nunca, talvez mais do que no dia da festa. A presença próxima do portão me incentivou a inclinar a mão: bati algumas vezes. Uma voz colorida questionou do outro lado. Minha língua proferiu a chave: meu nome. A porta se abriu. Os beijos não esperaram. O sofá era aconchegante e a sala, fria; seus beijos, surpreendentes e elétricos. O tempo falava através de um relógio em forma de gato, enquanto na televisão um comercial nos vendia besteiras. A tela foi desligada para dar lugar a baladas contemporâneas que começaram a encher a sala. Ele dedicou algumas músicas para mim, e os beijos não pararam. Deitados no sofá, nossos jovens sexos tendiam a se conhecer pelo menos através de tecidos. Minha mão tinha a ousada intenção de acariciar suas nádegas, mas a dela era mais hábil e me deteve. Nesse momento, da mesma maneira que um demônio chega para interromper a meditação do santo, a silhueta de seu pai surge em uma das janelas.

O primeiro a abusar de mim foi o corpulento. Antes, seus lacaios haviam rasgado minhas roupas em preparação para o sacrifício da virgem à grande luxúria dos deuses. Eu tentei gritar enquanto chorava. Senti, na luta, que uma das unhas do homem forte rasgou a pele das minhas costas enquanto rasgava minha blusa, e alguns golpes agudos de seus dedos atingiram meu rosto. Talvez eu tenha desmaiado por alguns segundos. Eu preferia ter desmaiado a noite toda. Os golpes prejudicaram minha coragem. Submissa, permiti que as lágrimas escapassem de mim. Comentando, querida amiga, com a distância adequada, posso supor que esse homem tenha uma família convencional, uma esposa, dois filhos, um emprego decente e, pelo conhecimento de seu trabalho, ele seria um cidadão respeitado. Depois da tarefa, e já separado da matilha, ele chegaria calmamente a sua casa, onde uma esposa diligente o esperava, e diria que havia tido um dia de trabalho pesado, longo e cansativo, e ela diria o quanto o ama e beijaria seus lábios, antes de espera-lo na cama para agradá-lo com uma massagem. No dia seguinte, ele se levantaria, compraria o pão, e todos o cumprimentariam com deferência. Naquela noite, no entanto, enquanto mantinha os olhos fechados e aguentava seus golpes bestiais, a imagem de um martirizador preparado com instrumentos de tortura atravessou meus pensamentos, enquanto observava o rosto do arcanjo impregnado em sua máscara. A dor, desde o início, nunca foi apenas do corpo.

CARTA OITO

Comecemos deste ponto: sou um ser humano com muitas contradições, não uma deusa onisciente como finjo ser. Eu tenho o direito de estar errada e, acima de tudo, tenho mais direito de me corrigir. Ontem, eu disse algo que ficou revolvendo em minhas entranhas a noite toda. O amor é cegueira, eu disse na sua cara. Agora, estou chocada. Não sei por que disse isso, talvez por desespero, foi uma frase muito boba, já que tenho uma ideia oposta. Além disso, cheguei ao ponto de elaborar uma teoria. Lembro-me de duas frases que escrevi em duas cartas, respectivamente. Uma dizia o seguinte: ouso afirmar que o amor não nos cega, como muitos afirmam. O amor, quando é verdadeiramente amor (sem patologias de idealizações), faz-nos ver a realidade como é (dizendo isso de forma tola) e nos obriga a aceitar a ideia de que devemos viver em equilíbrio; Isso nos leva a conhecer as deficiências e virtudes do ente querido e a usar os recursos espontaneamente.

A outra frase a que aludo é a seguinte: temos gostos muito diferentes e, apesar disso, nos amamos. Talvez o argumento de uma dessas pessoas superficiais intervenha, repetindo a expressão banal (registrada como se fosse realmente um axioma) de que "o amor é cego" ou que "estamos apenas iludidos"; mas, como expressei em uma carta: o amor, sem idealizações, não nos cega, mas nos permite ver claramente a posição da pessoa que amamos.

É o que eu acredito. Porque eu disse aquilo, eu não sei, estava atordoada. Eu me retrato. O amor não é cegueira, e é disso que estou convencida. Às vezes não entendo como as pessoas podem ser tão contraproducentes. Por um lado, dizemos algo, e, por outro, agimos de maneira diferente. Mas talvez, em alguns casos, seja simplesmente por causa desse torpor, por causa desse bacanal de ideias que às vezes não há como deter e pronto, em um momento estamos falando ou agindo de maneira errada.

Na filosofia erótica, discute-se o caso daquele casal cujo homem foi castrado; alguém aventurou a ideia de que a essência foi preservada e que o coração é auxiliado pela imaginação.

Começo com este postulado: O amor sem idealização nos permite ver e aceitar os pontos fortes e fracos da pessoa que amamos.

Se você para de amar porque encontra um defeito, é porque nunca foi amor. O amor não é cegueira boba, é o oposto: clarividência. E o discernimento mais absoluto. A falha é vista no ente querido mais abertamente, reconhecida, explorada e depois amada. Se apenas o reconhecemos e o assumimos diretamente, caímos na popularmente chamada *cegueira*. Mas se, pelo contrário, contemplamos e analisamos, e acabando aceitando, sem tentar extirpar, então conheceremos o amor. Defeitos são o que nos torna pessoas: seres imperfeitos que afirmamos ser. O amor é a aceitação desses defeitos.

Poderia expandir muito mais essa teoria. Exemplificar com poemas, biografias ou aforismos das mais variadas cores. Mas seria redundante. Eu acho que isso é o mais concreto.

Eu só quero dar um exemplo, que você mesmo me deu e que eu já mencionei em outra carta:

... eu te amo do jeito que você é e, se eu descobri algo mais em sua vida, não é para parar de te amar, é para te amar ainda mais. Você sabe por quê? Porque me ensina a perceber que você é realmente o que eu mais quero neste mundo.

Eu não acho que posso ser mais concisa. Essa frase apoia categoricamente minha teoria. O amor nos faz aceitar os defeitos.

O amor é algo que está separado do sexo. O sexo está implícito no amor de um casal, embora não necessariamente o amor deva estar no sexo. Essa ideia é ilustrada na análise do caso: a mulher continua a amar seu amor mesmo depois de ele ter sido castrado. E o contrário pode acontecer.

O amor não é cegueira, não é escravidão, mas é sinônimo de clarividência e liberdade.

Eu só queria me aprofundar, me conhecer um pouco mais e, acima de tudo, me compartilhar com você. O postulado seria a ideia da jornada interior, para me descobrir por dentro diante de você.

Sua, por fora e por dentro.

CAPÍTULO NOVE

Debaixo da sua cama, não havia o conforto do sofá da sala, mas havia a agradável serenidade de saber que seu pai não havia me encontrado. As chaves começaram a tremer, emitindo um som metálico enquanto se enroscavam na fechadura. Ela se sobressaltou ao reconhecer a silhueta do pai. Levou-me a uma escada que levava ao seu quarto, onde a área debaixo da cama era minha vala momentânea. Seu animal de estimação, um cão de raça pequena, começou a defender seu território com grunhidos, que foram sufocados pela intervenção celestial de Eloísa. Alguns segundos depois, na porta, juntamos nossos lábios em despedida, aproveitando a distração de seu pai. Eu saí tremendo.

O jovem foi o segundo a manchar minha pureza. Com ele me senti mais estreita do que com o mudo atarracado, me senti menos eu, mais artefato, menos ser humano. Esses monstros não tinham irmãs, filhas, mães?
O jovem com certeza tinha. Ele devia ter uma irmã que suspeitaria das andanças obscuras de seu irmão

e que em mais de uma ocasião ele se incomodaria ao espioná-la, masturbando-se enquanto ela tomava banho. Por esse motivo, ela tinha respeito e medo.

O crânio devia ter uma mãe, abnegada como todas e que certamente estaria esperando com o jantar ainda quente, enquanto ele consumia na minha humanidade a comida carnal que clamava por sua loucura como homem.

CARTA NOVE

Há várias semanas, talvez meses, não escrevo para você. E não é por falta de tempo nem por falta de desejo, porque sempre desejo fazer isso. Talvez seja devido à falta fortuita e inesperada do que muitos chamam de inspiração, um termo pouco ilustrativo para o processo de escrita.

Tentei escrever para você o que geralmente, e como ainda não encontrei uma definição mais precisa, chamamos cartas. Sempre discordei do uso do termo, talvez com a ingênua intensão de estarmos criando algo novo. Lembro-me de alguma ocasião ter dito a você que essas trocas pareciam mais com ensaios, embora de uma maneira mais pessoal.

Enfim. Pontuando arbitrariamente e sem medos infundados, ouso declarar que o objetivo exato desse tipo de escrita é o que, no discurso popular, enunciamos com o nome de declaração amorosa. Bem, tentando lhe expressar insistentemente a idolatria que sinto por você, estou constantemente declarando meu amor. Embora às vezes eu finja fazer isso de forma extravagante, como agora.

Descubro que tudo é governado pelas circunstâncias. Trouxe casos muito gráficos: espermatozoides infelizes, óvulos solitários, possíveis pais, possíveis

avós... bisavós, se aquela jovem mulher tivesse conhecido esse jovem, enfim... ruas como labirintos
em que devemos escolher uma, palavras que dizemos, palavras que ouvimos, olhares, segundos, fra-
ções de segundos, pessoas de quem nem conhecía-
mos a existência e que se tornam parte da vida cotidiana. Tudo pode mudar a vida, a menor mudança
implica irregularidade, arbitrariedade, comporta-
mentos erráticos, desordem, confusão, caos, pelo
menos levando em consideração o ponto de vista, a
perspectiva. Se o mundo fosse diferente, meu ponto
de vista seria esse. Mas, se o mundo fosse diferente,
não haveria ponto de vista, porque eu não existiria.
O vulgarmente chamado efeito borboleta está presente. A ciência lhe dá um nome irrefutável: *teoria
do caos,* e é um nome bem sugestivo.
*O bater de asas uma borboleta em Nova York pode
causar um furacão em Pequim?,* é o título de um
conto italiano. Se o vento dessa pequena vibração
não desaparecer, mas aumentar gradualmente, ele
é alimentado por ventos igualmente insignificantes
até formar algo devastador, as repercussões serão
sentidas, e, mais provavelmente, isso acontecerá
muito longe do local onde isso começou. O que teria acontecido se os avós dos meus avós não tives-
sem se conhecido? O mundo seria diferente. Mas já
chega de postulados que ouvimos milhares vezes,
de uma maneira ou de outra, como esta analogia de
borboletas e ventos. Sim, talvez tudo seja um caos,
dependendo do ponto de vista, enfatizo.
Mas vamos olhar para um pensamento muito mais

inquisitivo. O caos é uma ordem que devemos decifrar, um personagem de um romancista que se manifesta em uma de suas obras. Aqui, vemos uma antítese.

Estar com você é uma circunstância e muito maravilhoso. Às vezes, dizer que eu te amo não é suficiente. Eu quero mais, desejo mais. Ser capaz de detalhar cada um dos meus pensamentos, ser capaz de soletrar meus sonhos e devaneios, ser capaz de lhe contar, sem a necessidade indispensável de dicções, o que me impressiona internamente e ao mesmo tempo me vivifica. Talvez o faça quando olho nos seus olhos, quando acaricio seus lábios inocentes, quando pressiono sua mão, quando a envolvo em um abraço.

Eu te amo e, caramba, dizer não é suficiente; não satisfaz meus anseios loucos e torturantes que me atam a você de uma maneira doce.

Hoje, posso condensar certeza suficiente para garantir que vim ao mundo para me apaixonar por uma única e determinada mulher, e, consequentemente, porque estou apaixonado por ela (muito apaixonado), significa que a encontrei. Não estou dizendo que seja predestinado. Com todo o respeito, não acredito em tal charlatanismo. Digo que as circunstâncias me colocaram ao seu lado, e é tudo que sei.

Porque estou com você
e isso é digno de ser celebrado.

INDIGNAÇÃO

A indignação aparece nos ouvidos e viaja através do cérebro para preencher o nervo vestibulococlear. É uma cor rosa que exige igualdade e mantém a sensibilidade. É demonstrada por um som baixo e prurido constante. Seu elemento simbólico é a Água, que purifica tudo o que toca. Nas cartas do Tarô, eu a detalho com A Justiça, que convida ao equilíbrio e à igualdade. No zodíaco ocidental, eu a incorporo no signo de Libra, sinônimo de justiça e paz. No zodíaco chinês, eu a encontro no Cão, honesta, confiável, justa e leal. A indignação é de Ferro e segue para o leste, andando com um Urso que tem força brutal.

CAPÍTULO DEZ

Com o tempo, algumas separações necessárias formaram a premissa de uma hipótese do amor: não importa quanto tempo você está longe de alguém se sentir amor.

Nossa jornada no caminho do amor deixou vestígios impossíveis de apagar. E, como em todo romance, a parte triste não faltou.

Talvez devido às celebrações selvagens de alguns hormônios reprimidos, ou talvez devido à infantilidade de nossas atitudes adolescentes, estivéssemos envolvidos no caminho brutal da atração física, cada qual em um caminho de erro. As decisões são atribuídas à idiotice e, assim, tentam se justificar, mas são pagas com dor. Demorou um tempo para voltarmos a confiar em nós.

Sempre partimos da ideia de que o perdão é concedido sem presunção e, em muitas ocasiões, é concedido sem ser solicitado. Perdoamos um ao outro.

Em certo momento, o homem gordo olhou para mim com compaixão. Eu pude ver através de sua máscara de cabra. Por alguns segundos, suas pupilas ficaram líquidas, e em seguida voltaram à injeção de luxúria que a atormentava desde o início. Imagino o homem gordo com uma infância triste, de quem todos tentavam abusar por causa de sua obesidade e lentidão, mas cujo caráter ele teve de forjar e fortalecer para não permitir esses abusos. Ele era o mais áspero do trio de trogloditas, mas certamente o mais sensível, se na profundidade de sua humanidade bulbosa e flácida pudesse haver um sentimento de compaixão.

CARTA DEZ

Eu tinha duas cartas escritas, por mais que tentasse modificá-las, nenhuma delas me pareceu apropriada, então decidi escrever algo novo para você. Você me pediu uma vez que te contasse se eu me apaixonei por alguém, não foi? Eu quero ser o mais direta possível. Hoje, devo confessar que me apaixonei por um homem que me entende e que, apesar de tudo o que fiz, ainda me ama. Sim, eu me apaixono cada vez mais por você. Começo dizendo a você que não é fácil para mim resumir em apenas uma folha tudo o que sinto quando estou com você e tudo o que sinto quando estou longe de você.

Nesta carta, quero tentar me afastar de todos os conceitos históricos, científicos, filosóficos, psicológicos ou morais; quero deixar de lado o processo de estruturação obrigatório que governa a literatura e descartar o egocentrismo desnecessário que muitas vezes toma conta de mim. Não quero tornar isso memorável, só quero que seja atraente para você. Também não desejo me meter com a poesia, pois ficaria fora do tom. Então, vou começar dizendo que te amo. Considero um bom começo, mesmo que realmente passe do segundo parágrafo. Mas a verdade é que eu te amo. Eu gostaria de emitir algum conceito sobre o amor, filosofar um pouco, mas isso seria violar a condição que me impus anteriormente.

Quando você está!

O que você me faz sentir é indescritível, inefável, eu diria, se seguisse os poetas, e o que coloco nesta folha de papel será manchado com tom de falsidade, porque tudo o que escrevo não será equivalente a metade da realidade. Não porque possa ser uma mentira, mas porque é quase impossível tentar transcrevê-la, mas farei um esforço para tornar o mais real possível.

Para ser sincera, devo dizer que se apaixonar não é a coisa mais linda da vida. Estar apaixonada por você é definitivamente a coisa mais linda. Saber que amo você, sabendo que você me ama, são verdadeiros milagres (ou talvez seja único, porque não posso deixar passar despercebida a ideia de que o amor que sentimos é único (mas já estou começando a teorizar)).

E quando você não está!

Adoro vê-lo, tê-lo ao meu lado, sentir-me perto de você, provar o fervor dos seus lábios, tocar o frescor incandescente da sua pele, aprofundar furtivamente os olhos, perceber a melodia das suas palavras que penetram a minha atenção. Mas o tempo culmina com aquela tarde mágica, e sua imagem me machuca em algum lugar do corpo, é uma sensação física que quase me incomoda quando penso nela, como uma lasca cravejada em alguma parte dos meus neurônios.

Você não pode imaginar as coisas deslumbrantes que me faz sentir, esteja você por perto ou não. É como ter um orgasmo de emoções intensas a todo momento, o dia todo, todos os dias.

É verdade que sua ausência me machuca, mas não é uma dor de desejo sem freios, é uma sensação de desejo passivo e consciente, porque sei que vou tê-lo novamente. E estou tão convencida de seu amor que tenho certeza de que agora você está se sentindo da mesma maneira que eu me senti quando escrevi este parágrafo.

Sua, esteja ou não esteja.

CAPÍTULO ONZE

O pequeno parque da cidade, que espontaneamente batizamos com um nome extravagante (e
que todos mais tarde passaram a chamar por esse
nome sem saber que era em nossa homenagem),
nos abrigou com seus arbustos luxuriantes, onde
nossos beijos apaixonados e nossas carícias proibi-
das se refugiavam.

Esse canto sempre nos recebia com a mesma hospi-
talidade aberta que poderia ter sido dada a qualquer
um. Foi a nossa toca perfeita para deixar a paixão
reprimida flutuar pelos atrasos da distância.

Fechei os olhos. Eu não me importava mais com
quem entrava e saía de mim, se era com o crânio, o
bode ou o arcanjo. Eu não me importava mais se
meus lábios sentiam a frescura do ar exalado pela
floresta de teca ou se provavam a terra úmida na
beira da calçada.

Minha condição me imunizou por um instante,
como aquelas vítimas que têm um membro muti-
lado e o cérebro é desativado pela dor. Poderia ter
sido um sonho ou, desta vez sim, querida, uma alu-

cinação. Eu me encontrei em uma floresta luminosa, o cheiro de eucalipto era intenso e meus pulmões se enchiam. Além das árvores, um riacho podia ser visto. Fluía docilmente, e suas águas carregavam peixes coloridos. As borboletas voavam sobre a água, e o riacho as agradava ao jogar algumas gotas com um murmúrio repousante. O sol brilhava. Eu escapei para outro espaço.

CARTA ONZE

Ainda que afirmem o contrário, o passado é tudo o que temos. O presente é um fluxo constante, o rio mutante de Heráclito. O futuro é algo que não sabemos, uma projeção incerta. O futuro é apenas imaginação, o presente é algo ilusório.

Nós somos feitos do passado. Seremos sempre feitos do passado. E é para esse passado que eu quero ir. A forma que nos moldou com tristezas e alegrias que nos obrigaram a mudar ou permanecer firmes em nossas ações, o que nos fez amadurecer juntos como seres humanos.

O objetivo de toda carta que escrevo para você é exaltar o assunto a ser desenvolvido. Às vezes, foi principalmente amor, outras vezes, nossas experiências juntos, outras vezes, os sentimentos fugazes de algum evento, e, na maioria, você tem sido o centro gravitacional em torno do qual minhas palavras giram. Neste escrito, será o nosso passado.

Cada momento em que sofremos não foi gratuito. Foi prova metafísica de um amor luminoso. Agora podemos, olhando para trás, ver a magnitude de nossas ações e concordar que sem elas não seríamos as pessoas que somos. Estou convencido (e talvez com isso tenha chegado a um pensamento extremo) de que, sem um segundo do meu passado, hoje eu seria uma pessoa totalmente diferente. Mas posso estar caindo em hipérbole ou loucura. Também dependeria do segundo, se fosse decisivo ou não.

Agora eu convido você para um jogo mental no qual você imagina um passado futuro, ou seja, um evento que acontecerá mais tarde e que você se lembrará mais tarde como passado: o fato de ler uma de minhas cartas futuras.

As cartas que escrevo para você e que eu dedico a você com paixão constituem (pelo menos eu vejo dessa maneira) prova de que você ocupa grande parte dos meus pensamentos, para não ir ao extremo e dizer que ocupa todos eles. A verdade é que desejo que cada um dos meus escritos seja marcado como uma lembrança do amor que professo por você. Por esse motivo, acredito que é essencial não datar as cartas, para que, com o tempo, ao lê-las (mesmo que aleatoriamente), minhas palavras produzam novas sensações, e as frases não sejam associadas a nenhuma data específica. Em conclusão: para que elas possam servir em qualquer momento da sua vida. É uma tentativa vã de proteger minhas palavras contra você.

Mas, voltando ao tema do passado, devo admitir que não mudaria nem um segundo do que vivi ao seu lado, por mais triste que tenha sido. Cada um desses segundos valeu a pena. Eu não culpo você nem me culpo. Estou em paz com o meu passado, pois ele nos forjou. Nós somos o que já fomos. Seremos pelo que somos. E nosso amor também será, e é por isso que precisamos dessa utopia chamada futuro, para moldar o que será nosso passado.

Seu em cada fração do tempo.

101

VINGANÇA

A vingança emana da tireoide e ascende à hipófise. É de cor verde, que representa o venenoso e destrutivo. É exibida com um sabor salgado e um cheiro forte. Sua metáfora celestial é Animal, na qual os instintos se reúnem. Nas cartas do Tarô, gravo-a com A Roda da Fortuna, que mostra o carma, o balanço da vida e a vingança das Erinias e Moiras. No zodíaco ocidental, simbolizo-a com o signo de Leão, de autoridade e força. No zodíaco chinês, reproduzo-a no Boi, paciente, mas preparado para atacar. A vingança é pedra e se manifesta no inverno, quando aparece ao lado do bestial Basilisco, que inspira terror.

CAPÍTULO DOZE

Os anos se passaram e a menina se tornou uma moça. Ela não era mais a garota de minissaia rosa que vi na festa de quinze anos. Ele era um ser incomum. Nunca perceberemos a natureza secreta das coisas enquanto estivermos acostumados a percebê-las passiva e erroneamente e não as explorarmos com um olhar extraordinário.

Eu era outra. A que abriram e profanaram, a que golpearam e mancharam, a que deixaram como um vaso de porcelana quebrado, impossível de reparar. Minhas lágrimas foram as de todas as mulheres abusadas por homens com máscaras, essas que colocam quando entram em suas casas ou empregos, mas que são removidas quando mostram seu ser original. Os monstros que me estupraram não usavam máscaras, os simulacros sobre sua pele eram seus rostos reais. As máscaras eram colocadas quando socializavam em seu ambiente. No meu devaneio, vi um carrasco açoitando uma donzela condenada por adultério, vi outro cortando-a com uma serra a partir de sua vagina, uma multidão apedre-

jando uma dama, vi uma filósofa arrastada pela po-
pulação, vi uma das minhas irmãs empoleirada na
cadeira sem fundo, outra, sujeita à vergonha, outra
marcada com ferro incandescente, vi milhares de
mulheres cremadas simultaneamente em milhares
de fogueiras, vi outras mortificadas nas masmorras
modernas por terem procurado um aborto após o
estupro. No meio da poça de imundície em que me
banhavam, fui enviada a outro tempo.

CARTA DOZE

Escrever para você ultimamente se tornou um mero processo mecânico. As cartas que enviei a você são dotadas de uma nuance puramente literária. Eu já havia esquecido que escrever para você com as palavras do coração é um trabalho muito mais gratificante. Eu te respeitei e continuo a fazê-lo. Não vou permitir que o que temos tremule por causa de um boato de pessoas que, para mim, não têm a menor importância. Além disso, não vou enganar você, precisamente você, que me deu tanto, com quem compartilhamos tanto. Você é minha vida. Eu me desvivo para você. Cada pensamento é para você, cada suspiro que sai dos meus lábios é para você, cada sorriso, cada palavra... cada lágrima. Tenho pouco a chorar (talvez ainda não tenha coragem suficiente para dizer que estou fazendo isso. Sim, amor, para chorar e aceitar, você precisa ser muito corajoso). Toda lágrima é de amor, mas também de rancor. Não contra você. É contra essas pessoas. O que aconteceu, meu amor, não foi minha culpa. Eu respeito você. E eu não quero que você tenha essa impressão de mim. Você é muito importante na minha vida. Não quero te perder. Eu não quero fugir de você. Não outra vez. Você é indispensável na minha vida. Você preenche toda a minha vida. Você me entende, me dá amor, me dá beijos, me dá suas alegrias e sua coragem: você me dá a vida toda. Eu seria incapaz de brincar com você, amor. Eu seria incapaz de enganar você. Acredite em mim, você enche minha vida. Se eu te perdesse, ficaria louca, choraria demais, não sei o que faria, não quero imaginar.

Você me deu muito. Como eu poderia retribuir com traição? Seria uma pessoa vil. Dói que você não acredite em mim. Eu me desvivo por você, já lhe disse, mas quero dizer mil vezes. Acredito no amor. Acredito na bondade. Acredito na compreensão. Acredito no respeito. Não sou e não finjo ser uma pessoa livre de erros, uma pessoa perfeita, uma pessoa que a sociedade (que é a que julga nesse sentido) possa dizer que é muito correta. Não gosto de cumprimentar, e não saúdo quem não quer fazê-lo. Eu gosto de ficar bêbada. Fumar um cigarro na rua, mesmo que digam que não é o comportamento de uma mulher. Eu cuspo nas calçadas e nos parques. Eu jogo lixo na rua. Insulto. Não sou uma cidadã digna de dar o exemplo. E mais, eu não pretendo ser. Mas, no sentido da fidelidade, sou uma pessoa justa e posso me gabar com orgulho. Durante todo o tempo em que estivemos juntos, desde que retomamos nosso relacionamento, eu te respeitei.

Falo com você com o coração na mão. E aceito alguma responsabilidade em permitir que o boato tenha chegado ao extremo que chegou. Mas a verdade é o que importa. Lembro-me do cientista que a Santa Igreja enviou à estaca por afirmar que a Terra girava em torno do sol. O cientista pensou: estes são idiotas. E se retratou publicamente. Mas a verdade prevaleceu e a Terra continuou girando em sua órbita, embora os líderes da Santa Igreja tenham queimado a bruxa. Para não garantir algo errado como verdade, essa mentira deixará de ser falsa. Eu te respeitei. Eu respeito você. Repito porque é algo de que me orgulho. De ser uma amante dedicada a você, de ser uma mulher dedicada ao seu amor.

Acredito na fidelidade. Se essa parte indispensável falhar, todo o relacionamento falhará. Eu não sou uma mulher moral. Na minha idade, entendi que a moralidade é fabricada por cada um, para sua vida. E não ouvindo outras pessoas dizerem o que fazer. Eu fui autônoma em minha vida e tomei e continuarei a tomar as decisões que julgar apropriadas. Uma delas foi formar minha vida com você. Estamos começando a nos conhecer, e esse é o primeiro passo. Se alguma coisa entre nós algum dia falhar, eu diria, e não procuraria maneiras tolas de fazer algo mais tolo. Acredito no respeito. E fazer uma canalhice dessas com você seria um enorme desrespeito, não só por você, mas também por mim, como pessoa. Acredito no amor. Seu amor, sua companhia, me dá forças, me ajuda a seguir em frente. Acredito no amor. E para acreditar no amor é preciso acreditar na fidelidade. Eu não tenho sido uma pessoa digna com a minha vida. Mas, se algo de bom tivesse que ser encontrado, esse seria meu respeito por você. Eu te respeitei e continuarei a fazê-lo. Não tenho mais palavras para você. Minha vida não é admirável. Mas meu amor por você é. Sinto que tenho autoridade moral suficiente para me gabar.

Sua, por completo.

ÓDIO

O ódio começa no fígado e migra pelo peito até tentar destruir o nervo vago. É de cor preta devido à sua escuridão. É estabelecido com o sabor mais amargo e com um cheiro apodrecido. Seu ideograma planetário é o Metal. Nas cartas do Tarô, eu a equilibro com a Morte, que determina o ponto final e a mudança. No zodíaco ocidental, interpreto-o com o signo de Escorpião, violento e ousado. No zodíaco chinês, eu o manifesto no Dragão, feroz e difícil de acalmar. O ódio é sólido e mantém uma força nuclear forte quando o Corvo pousa no crânio perto do túmulo.

CAPÍTULO TREZE

Outro evento traumático momentâneo aconteceu
devido aos problemas de mal-entendidos ou talvez
devido a mal-entendidos. A verdade é que nos afas-
tamos. Com a ingênua arrogância de uma suposta
vingança, comecei a paquerar uma garota bonita.
Minhas tentativas foram infrutíferas, mas surgiram
dúvidas em Eloísa.

O homem um me segura, o homem dois me bate e
o homem três me despe. Eu luto inutilmente. Eu
sou o fantoche de três marionetistas. O crânio me
parece uma bigorna ardente, o arcanjo me parece
uma visão do mal, sombria e aterrorizante, o cabra
fede como um esgoto transbordando. Meu corpo
desaparece, embora minha mente lute para escapar
para outro lugar e outro momento. A vara principal
me despedaça e me sangra, o bastão médio me ator-
menta, porque é longo como o tempo em que ficarei
quebrada, a estaca pequena me entorpece de dor,
porque é larga como a estrada para o inferno. Não
me oponho mais de corpo nem de espírito. Já não
sou.

CARTA TREZE

O tempo em si não existe, uma parte já passou e, portanto, não existe, e outra parte ainda não chegou. Temos apenas aquela pequena faixa intermediária que é o presente. A dimensão temporal mais indispensável para caracterizar o homem é o futuro, pois nossa expectativa será sempre moldada em relação a ele. Sempre planejamos nossos projetos para o futuro, tudo o que fazemos para ser o que queremos ser. Nossa vida é para o futuro.

O que realmente conta é o futuro. É certo que o fluxo constante dessa abstração que chamamos de tempo é essencial para entendermos nossa realidade imediata. Nossas vidas se manifestam com o tempo. O tempo se manifesta em nossas vidas. Portanto, podemos arriscar uma premissa: o tempo existe, é devir temporal, é a sucessão, talvez, infinita.

No entanto, na filosofia e nas cartas, encontramos algumas posições que podem se contradizer. Você pode ver o tempo como um fato intelectual e dizer que ele não existe objetivamente. Aqui, o tempo seria uma abstração, uma realidade que só acontece em nossas mentes, algo que só podemos entender dentro de nossa mente.

O tempo é o que nos molda, não há dúvida sobre isso. Existe?

Nosso presente é muito indispensável, pois nele delineamos nosso futuro. Nesse pequeno, breve, submisso e transparente instante que é o presente, podemos cuidar do nosso futuro. E, seguindo a lógica desse raciocínio, o futuro é indispensável, porque é ele que nos obriga a projetar a nós mesmos, é ele que dá verdadeira função ao presente. Mas, da mesma forma, o passado é necessário, pois sem ele não teríamos experiência e repetiríamos os erros repetidamente, presos em um loop temporal que é desagradável de se imaginar. Além disso, é a partir do que entendemos por passado que podemos nos preparar para o que está por vir.

Quando penso em você, faço isso no passado. Quando penso em você, faço isso no presente. Quando penso em você, faço isso no futuro. Agora, depois de fazer essa pequena análise sobre o tempo, posso entender o que vou lhe dizer: você é minha tríade temporária.

Hoje, mais do que nunca, eu vejo você assim. Meu passado, porque você tem sido uma parte indispensável para eu ser quem sou. Se você não tivesse entrado na minha vida, eu disse isso mais de uma vez, tenho certeza de que seria totalmente diferente. Meu passado, porque pelas lembranças posso voltar a experimentar uma infinidade de sensações agradáveis e gratificantes, que me obrigam, que me acorrentam diante dessa segurança, à certeza de que você é a melhor coisa que me aconteceu.

Meu presente, porque você está ao meu lado. Vivenciando a vida com esse fiel companheiro que professa intenso amor por você. Meu presente, porque ao seu lado eu entendo o significado da vida... o significado da minha vida. Entendo o significado das minhas emoções, das sensações que constantemente percebo a cada momento.

Meu futuro, porque você já está registrada no livro da minha vida, e você é meu argumento principal, você é minha trama, minha protagonista, meu estilo e meu conflito. Meu futuro, porque minhas expectativas estão em sua vida, em minha vida, em nossas vidas. Você é meu tempo. Porque é o passado e o presente que me fazem entender que meu futuro exige você... que meu futuro precisa de você.

O tempo é poderoso. Mas tenho algumas esperanças de que o tempo não nos derrote. O tempo é poderoso, repito. Mas isso não vai nos derrotar. Porque no passado guardamos lembranças. Porque, no momento, temos nossas presenças. Porque para o futuro geramos ilusões. Estou certo de que há algo tão forte quanto o tempo. Talvez até mais forte. O amor. O tempo não apagou os amores das lendas e muitos outros dos quais jamais ouviremos, mas que se intensificaram no silêncio da História. E não quero dizer que o tempo vença o amor pelo fato de seus avatares não serem conhecidos. Pelo contrário, o amor existe desde o início da humanidade. Talvez no anonimato coletivo os amores descansem melhor. Como os mortos... em paz. Eu digo que o melhor soldado é este: o amor. Ele é quem luta na guerra do tempo.

Seu, na eternidade.

CAPÍTULO CATORZE

Começa minha faceta conquistadora. Desapontado, dominado pelas ilusões destroçadas e peças inquietudes de vidas possíveis, iniciei uma carreira súbita e necessária diante de uma solidão vindoura. Imaginava você tranquila, descansando seus sorrisos e beijos na humanidade repulsiva (pelo menos para mim) de qualquer parceiro. Mais tarde, descobriria que eu tinha sido seu único amor, mas, naquele momento, pensar naquilo me fazia sentir miserável e perfurado pelo nojo da melancolia. Nas noites de saídas, uma amiga fiel me deixava mais reflexivo: a nicotina em meus neurônios acalmava por momentos superficiais a descarga de nervos que me envolvia em um estado levemente paranoico. E, pela manhã, o tempo era diluído na eternidade, quando eu queria me divertir com aventuras fantasmagóricas e fugazes, com garotas com beijos de um centavo e olhares carregados de perversidade física, garotas que frustravam os remanescentes da racionalidade e davam combustível à náusea do pensar. Ficar longe deles me causava uma estranha sensação de anomalia, e tê-las por perto aumentava essa intensidade e se tornava catastrófico, e me levava ao extremo da repulsa. Os beijos daquelas bocas estranhas eram inúteis. O olhar bobo em seus olhos debulhados pela vida cotidiana (talvez alguns dias) me inspirava mais solidão. Estar com alguém com quem você não quer é muito pior do que estar com ninguém.

No meu caso, a agressão sexual foi como na maioria das vítimas. Tive ferimentos na área genital. Os agressores nunca usavam os dedos, mas senti seus membros lubrificados, como se estivessem realmente preparados para a tarefa e estivessem prontos com algum recurso artificial e sofisticado, ou simplesmente com a sujeira da saliva. Eles nunca introduziram objetos estranhos ou usaram elementos cortantes em qualquer parte do meu corpo. Eles não fizeram sexo anal em mim. Aprendi sobre as formas de estupro que outros homens praticaram com outras mulheres e compreendo que elas foram atrozes; existem até testemunhos de mutilação do clitóris, lábios ou seios. Não tenho mais sorte do que qualquer uma delas. Nenhuma de nós deveria passar por algo assim. Nunca.

CARTA CATORZE

Existe uma maneira de
fugir que parece buscar.
Uma romântica realista

Escrever, para mim, é um desejo que vai além da pretensão, ou seja, o desejo manifesto se tornou um imperativo da vida. E talvez traumatizante. Já lhe disse que aqui em minha casa não tenho a liberdade necessária para trabalhar em paz. O termo escrever se transformou em escrever-lhe. Ou seja, não escrevo mais, mas escrevo para você. Ultimamente, concebi algumas histórias em que, de uma maneira ou de outra, o protagonista era você. Tentei seguir a regra daquele contista que indica que devemos escrever para os personagens da história, para mais ninguém. Nem mesmo para um. Toda vez que começo a escrever uma história, penso nas circunstâncias que estou enfrentando e tento distorcê-las. O pouco que escrevi, fiz porque algo me tirou a tranquilidade. E digo a mim mesma que Tenho que escrever. É como uma espécie de expurgo que me encoraja a eliminar aqueles demônios que às vezes tomam conta de mim. Aqueles fantasmas que não me deixam ficar calma. E devo escrever, ou melhor, escrever para você; porque, como já lhe expressei há alguns parágrafos, acho que tudo o que escrevo faço com o pensamento em você. E com isso não me refiro apenas a essas cartas, que obviamente são cem por cento suas. Quero dizer as histórias. Mas o mais estranho é que, ao escrevê-las, não penso na impressão que isso causará nas pessoas, por enquanto, imaginárias. Quando sinto que uma ideia nasce, começo a elucidá-la, a girá-la, a deixar que germine com paciência; então, quando maduro, começo a descrever aos poucos, e é nesse processo, enquanto escrevo, que sua presença parece marcar um pedaço do seu ser em alguns parágrafos. Como eu disse antes, tento tirar proveito das experiências que capturo e as reconfiguro, e você flutua livremente sobre a minha experiência. Agora que reli meus escritos, ouso garantir que não há relatos que escrevi nos quais você não esteja envolvido de uma maneira ou de outra.

E isso me fez olhar minha vida de outra perspectiva. Eu acredito que entendi isso em uma forma de revelação. Tive a ideia de uma história com toques fantásticos, onde o tema principal é o conflito que os relacionamentos amorosos criam em diferentes escalas, e comecei a escrever. Quando terminei, me vi refletida na vida de um dos personagens, uma pintora iniciante e seu namorado. Então, quando percebi que havia escrito algo que até agora não era capaz de aplicar à minha vida, disse a mim mesma: *Como pode ser que eu não tenha entendido antes.*

Quando o personagem da minha história entende o que fazer, percebe que vai se transformar em um humano real. Porque o mais provável é que eu não seja uma mulher que queira ser escritora, mas uma escritora que queira ser uma mulher, que queira ser humana. E eu falo sobre meus escritos porque (repito) você está neles. É a minha maneira de fazer você entender que eu sempre penso em você e que você definitivamente ocupa um lugar transcendental na minha vida.

E agora vou lhe falar sobre as cartas. Na verdade, posso dizer que escrevo para você quase diariamente, embora às vezes me estenda demais e depois veja três ou quatro páginas que mais tarde não me atrevo a enviar. Alguns dias atrás, decidi que algumas eram inadequadas e destruí duas. Eu tenho duas outras ainda sem concluir que comecei, mas fiquei desanimada, talvez por causa do tópico com o qual estava lidando ou talvez porque já estivesse na segunda página e percebi que estava apenas na metade do caminho. A maioria das coisas que escrevo é pensando em você, e a maioria são cartas, embora, como eu disse, decida não enviar para você. E essas cartas nascem de qualquer circunstância, embora, como você possa ver por todas as que lhe enviei, quando escrevo, não posso deixar a literatura de lado. Um, porque o próprio ato de escrever se torna literatura, e dois, porque encontro nela os pilares para escrever para você, embora a fonte, é claro, seja você. E forneço como outra prova esta carta.

Estava lendo o romance de uma escritora romântica e realista e me deparei com a frase que faz a epígrafe deste escrito. É a parte em que uma jovem rejeita seu pretendente, mas de tal maneira que ele não desista de sua tentativa de continuar a cortejar. Eu li essa parte e lembrei da nossa última discussão. Coloquei o livro de lado e peguei meu teclado. E, como vê, vou terminar a segunda página. Eu li a frase e disse para mim mesma: esta é a verdade de todo relacionamento. Porque existem maneiras de fugir em que a única coisa que se pretende é procurar. Como em nossas discussões, usamos essa linguagem secreta, a última linguagem em que a discussão se acalma gradualmente para entender que, embora discutamos, na realidade o que queremos é continuar mais juntos do que nunca. Eu vejo isso dessa forma. Eu entendo assim. E repito: escrever não é mais escrever. É escrever para você.

Meu, e sempre em minha vida.

CIÚMES

O ciúme germina nos rins e, com o tempo, causa um derrame cerebral. É marrom, sinônimo do sujo e desagradável. É filtrado com um sabor picante e doloroso. Sua figura estelar é o Sol, masculino e possuidor. Nas cartas do Tarô, eu o estabeleço com O Julgamento, porque é precipitado e generaliza. No zodíaco ocidental, coloco-o com o signo de Áries, que abusa do poder e promove guerras. No zodíaco chinês, eu o mostro na Serpente, astuta, suspeitosa e possessiva. O ciúme é o chumbo e uma Força Nuclear Débil que avança em círculos dentro dos Ouroboros enquanto mordem o rabo.

CAPÍTULO QUINZE

Essa intermitência de distância era um refúgio para a solidão que descarregava seu arsenal. E não apenas em mim. Enquanto os beijos de outras me ofereciam um remédio de refresco (que esfriou minha mente por um momento, mas depois revelou seu gosto amargo), a solidão espreitava em um canto do dia para se aproximar de nós e nos atingir com sua auréola maligna. A melancolia estagnou dentro do meu ser, e nela começou a dilatar-se. Ia para a cama tão vazio que tudo o que podia fazer era dormir. Já não pensava, não lia ou escrevia, a vida de repente se transformou em uma idolatria fugaz em direção à felicidade inacabada, e refugiava-me tolamente na possibilidade fetichista de esquecê-la. Prometi tirá-la da cabeça e argumentei que, se ela não queria voltar para mim, era porque não sentia mais um traço de afeto por mim, mas, no fundo, ricocheteava a possibilidade ambígua de que talvez ela sentisse pelo menos apreço. Ao mesmo tempo, ela entendeu que uma vida sem amor verdadeiro é como querer explicar a um louco o que às vezes um filósofo não entende. Enfim, não faz sentido. A aventura de não a ter tinha sido muito traumática para eu continuar vivendo, e acho que ela sentiu o mesmo, porque voltamos. Eu me arrisquei com a possibilidade de retornar e, finalmente, pude ter de volta aquele rostinho adornado pela típica franqueza pícara que certamente tinha desde a infância.

Ficaram vestígios, sim, eles não podem ser apagados. Os físicos eram os de menos. Ele os curou, com suas mãos puras cheias de amor, sempre se entregando a mim. Mas os interiores eram os que eu tinha que carregar. Eu os carreguei durante todos esses anos, e eles foram indeléveis. Até algumas noites atrás, eu sonhava com os monstros e seu abominável baile de máscaras. Eles me acordam em madrugadas de angústia, de tempos em tempos.

CARTA QUINZE

O objetivo dessas letras não é perdoar, se há algo a perdoar, porque eu sei que não há nada pelo que implorar. Reflita sobre quantas vezes cometemos erros apenas por causa do capricho insignificante da pressa. Você não quer me ouvir, e eu não te culpo. Você duvidou de mim, e eu não te culpo. Você teve seus motivos, que considerou motivos suficientes para fazer o que nós dois já sabemos que aconteceu. No momento, a ideia básica que permeia minha mente é ficar bem com você. Acho que não mereço o que você me disse sem nem mesmo confirmar se isso era verdade ou não. Eu disse que era um mal-entendido, mas lembro-me do que aconteceu e percebo que minhas palavras não são suficientes e que nunca foram. Não pretendo culpá-la por nada, apenas acho que você não me conheceu o suficiente, e talvez a mesma coisa aconteça comigo. Eu não mereço isso. Talvez você possa me dizer milhares de coisas sobre outros aspectos meus que eu consideraria corretas. Mas não isso. Não vou deixar você pisar no meu orgulho de ser fiel a você. Fui fiel a você, goste ou não, acredite ou não. Acho que não tenho mais nada a dizer e continuo escrevendo para você. E estou escrevendo para você porque quero deixar claro que aquela satisfação que se condensava em mim de maneira preponderante, essa presunção de ser quem eu era, apenas sua, única e exclusivamente sua, hoje simplesmente desapareceu. Não era algo que queria mostrar ao mundo, mas professar para você. Eu queria que você visse em mim o que raramente é visto. Eu só queria isso. Mas eu falhei, e o mais ilógico é que não tive culpa. Às vezes falhamos sem sermos culpados, e não para nos justificar, mas talvez para justificar a pessoa que realmente falhou. Desta vez, serei direto e direi. Bem, Eloísa, você falhou. Não machucaria se fosse verdade, não machucaria se eu não tivesse esse orgulho que paradoxalmente me faz sentir miserável, mas, acima de tudo, não machucaria se eu não te amasse tanto quanto te amo. Não machucaria se não me importasse com você, não machucaria se eu estivesse com outra garota (mesmo assumindo que não fosse ela), porque eu recriaria minha culpa neste evento, e sua raiva seria justificada, e minha suposta culpa seria paga. Mas dói, e dói porque não é verdade, dói porque eu quebrei meu orgulho pessoal para elevar meu orgulho sentimental, dói porque eu te amo. Dói porque eu me importo com você, dói porque nunca estive com ninguém além de você. Não posso mais fazer isso, minha mente está exausta. Às vezes, meu coração palpita vertiginosamente com a previsão da decisão que você pode tomar, e estremece ainda mais por não saber realmente o que você decidirá. Só posso lhe dizer que se você desconsiderar os momentos que vivemos (não tento suborná-la com momentos felizes, quero dizer as experiências que obtivemos com tudo o que aconteceu conosco), se você relegar isso e acreditar que as suas razões são suficientemente verídicas para se afastar de mim, faça-o. Só amamos quando temos a capacidade de permitir a liberdade. Mas espero que você considere que o que está escrito aqui é uma razão para me dar apenas uma chance de vê-la. Eu não gostaria de me libertar de você, porque estaria perdido.

Seu, sempre.

CAPÍTULO DEZESSEIS

Outro lugar que frequentávamos, geralmente à noite, era composto de banquetas alinhadas ao longo de um beco, e uma manta magra de escuridão nos protegia graças à ausência de refletores. A lua nos acariciava com um esplendor vivaz, transformando nossas sombras finas em reflexos vívidos de nós. Pequenos pedaços de papel jogados surpreendentemente tremulavam sincronicamente, impulsionados pelo vento, como se alguma entidade quimérica invisível (muitos lhes dão o nome de fantasmas) os estivesse manipulando. Eu envolvia seu corpo em um abraço delicado. O assento duro nos dava o mesmo apoio que oferecia àqueles que queriam se sentar. E beijos nos curavam a aflição de qualquer tortura boba.

Nesse momento, eu queria não ser. Não estar. Não sentir. Senti um profundo ódio contra cada um deles, contra cada respiração no meu ouvido, contra cada bufo que exalavam em sua imundície. Encheu-me um sentimento de miséria, desesperança e rejeição da vida que talvez eu não tenha sido capaz de superar até hoje. Além disso, nunca quis pensar nisso profundamente. Mesmo nas terapias eu consegui evitar. Você me pergunta, garota, se hoje eu os perdoei. Eu não sei. Eu poderia arriscar uma resposta e dizer sim para parecer forte ou dizer não para descobrir uma paixão que, no final das contas, não sinto. E raciocinar assim seria te enganar, garota. Seria me enganar, e não quero fazer isso. Não neste momento da minha vida.

CARTA DEZESSEIS

Dizer coisas para você no papel e tentar evitar excesso de retórica é uma tarefa muito complexa e pesada. Especialmente ao tentar me livrar desse estado de inatividade representado com o nome louvável de crise. Sim, crise: crise ao escrever. Escrever tornou-se uma habilidade distante. Há algum tempo, algumas semanas atrás, organizando meus papéis, li com surpresa uma grande variedade de poemas que escrevi, lembrei-me da época, quando trabalhava como professora, de tarde e de manhã, eles eram escritos em folhas de caderno soltas que pedia (pegava) aos alunos. A maior parte era lixo, útil apenas para verificar o quão ardentemente entediante e complicado é tentar aprender esse ofício. No entanto, da mesma maneira, pude ver que alguns foram salvos de meu julgamento severo. Eles tinham certas virtudes.

Hoje penso nisso e, em comparação com as circunstâncias atuais, chego aos extremos da decepção. Estar sob a pressão do trabalho me inspirou? Acho que sim. Ou seja, isso me forçou a escrever aqueles gritos de silêncio que meu espírito me pedia para desabafar. Hoje, não tenho nada. Minha inspiração são palavras desgastadas, abortos de histórias, personagens mais parecidos com caricaturas do que com qualquer vestígio humano. Meus poemas... eu não os escrevo mais.

Por esse motivo, fico feliz por estar redigindo estes escritos, pois, de alguma forma, eles me devolvem à escrita séria e elucidada que nasce com paciência, mas com firmeza e com as intenções não muito modestas de chegar a algo mais do que o destino desta folha tinha reservado para ela.

Não vou lhe dizer cafonices ou versos obsoletos, desses que pululam por aí, e nunca espere isso de mim. Claro, espere por palavras bonitas, frases que deixem seus pelos arrepiados, versos feitos exclusivamente para você, nunca pré-fabricados, nascidos de você e por você, para você sempre.

E não me orgulho deste último por destacar, em uma explosão do meu ego, meus escassos dotes em lidar com palavras, mas por mostrar a você, com precisão matemática, os resultados que você propicia. Para chegar a essas consequências, é necessário percorrer caminhos difíceis. Os de sempre: nossas brigas mais prosaicas e tenazes, que se tornam a constante de nossa relação e que pulsam a cada semana, como que aderindo com intenções parasitárias a nossas vidas. Acho que elas não nos desgastam, mas o contrário. Quando amanhece e contemplo meus espaços de lucidez, quando tudo se afasta do meu pensamento e apenas a imagem inesgotável de sua inocência camuflada pela sagacidade se mostra para mim, o objetivo exclusivo desse processo caloroso e agradável (lembrar de você) traz de volta minha respiração, a circulação ativa do meu sangue, quase coagulada pela falta de apetite pela vida, me traz de volta à vida.

Prodigiosa autoridade da sua memória!

Há algum tempo, acho que falando sobre as explicações científicas do amor, eu lhe disse que não entendia isso de química. Se não estou na presença de seus feromônios, como posso continuar sendo atraída por você. Bem, tentei esclarecer para mim mesma esse assunto e cheguei à conclusão, não muito difícil, de que possa ser por causa da sua memória.

Um papel de destaque é desempenhado por nossa capacidade de lembrar. É uma teoria do amor bastante flexível e sem nenhum apoio empírico que eu conheça ou tenha lido, mas uma teoria lógica. Talvez, apenas talvez, por tentar entender a natureza de algo tão enigmático e ao mesmo tempo tão evidente quanto o que nossa espécie chamou de amor, cheguei a profanar certas conjecturas implantadas no imaginário coletivo de nossa raça, e dessa forma cheguei a acreditar vislumbrar apenas alguns resquícios do verdadeiro mistério. Mas é como vislumbrar um gato preto em um quarto escuro ou como ver o sol ao meio-dia: podemos vê-lo em silhuetas das quais nunca teremos certeza se o que vimos foi um felino ou um roedor, ou, no segundo caso, tentar descobrir a cor da estrela diurna, quando, pela intensidade de sua virtude, atingimos apenas a margem de seu brilho. Assim é aspirar a entender o amor.

Não sei, afinal, por que tantas incógnitas sobre isso que, tenho certeza, sempre sentirei por você. As filósofas, mulheres cansadas dos machos da espécie (basta ver quantos divórcios perpetraram), não me satisfazem mais. Os pensadores (senhores cansados das mulheres) também. Resta apenas a poesia, que, ao fim, é o melhor e o mais belo. Desde que a primeira voz feminina foi levantada sem as cordas vocais vacilarem, todos os grandes poetas cantaram o amor. E continuarão cantando, porque é a única maneira de descobrir o que é o amor. Bem, não é a única, digamos assim: a única forma intelectual de fazê-lo. A outra, a humana, é quando você está junto do ser amado. A maneira humana de entender o amor é estar com você. Todos esses anos, eu não aprendi nada além disso.

Sua, e aprendendo todos os dias, tudo.

SATISFAÇÃO

A satisfação flui da língua e é dirigida pelo palato até encontrar o nervo hipoglosso. É azul, porque se regozija em contemplação e relaxamento. É conduzida com o sabor uamami e através do orgasmo. Sua representação sideral é o Humano. Nas cartas do Tarô, eu a igualo ao Mágico, que domina o real, possui segredos e contém sabedoria superior. No zodíaco ocidental, a identifico com Câncer, que gosta de fantasia e intuição. No zodíaco chinês, eu a apresento em no Cavalo, possuidor de energias otimistas. A satisfação é Mercúrio e é diluída no verão, espalhando-se nas penas de um Pavão Real, que adquire tonalidades diferentes e deliciosas.

CAPÍTULO DEZESSETE

Um símbolo de amor não significa muito no ideal (por exemplo, em uma promessa). Um ato constitui um símbolo indelével. Estávamos sempre nos apoiando. A sinceridade, em não escondermos nada, a confiança, foram fatores que endureceram a capacidade de nos amar. Dizem que amar é nunca pedir perdão; atrevo-me a afirmar que amar é perdoar sem sequer ter pedido. E é o que muitas vezes fizemos. O que sentimos ia além de qualquer concepção inútil de casos de amor; ouvi muitas, e nenhuma se encaixou com o nosso amor: um sentimento tão letal quanto um mosquito-prego é algo que não pode ser descrito, mesmo que neste momento eu tenha tentado. Certa vez invadiu os domínios da razão aquela frase vândala, quase anárquica, que proclama que se ama tanto a uma pessoa, mas não o suficiente. Nós sempre nos amávamos o suficiente. É preciso ter necessidade de amor para sentir mais amor. Na expressão coloquial, é necessário ser pobre de sentimentos para que o que sentimos cresça. Eu não poderia tê-la amado muito em um dia e mais no outro, porque nunca senti que meu amor fosse pobre. O desejo de amor suficiente não teria sido a prova de amor suficiente. No entanto, no casal, não é o que se sente que conta, mas o que se demonstra. E começamos a tentar nos demonstrar o amor transbordante que sentíamos. Os frívolos e escassos fracassos começaram a sustentar uma tranquilidade celestial na aura de nosso relacionamento. O ciúme furtivo e suas interpretações precipitadas gradualmente se transformaram, em face de minhas justificativas reparadoras, em uma calma de confiança. Às vezes, chegava a se exaltar diante de atos de hesitação desfavoráveis para mim. Mas o juízo prevalecia, e um beijo acabava com as dúvidas necessárias. Às vezes não se trata de perdoar, mas de entender.

Os corpos cavernosos da glande fazem contato com meus lábios e penetram sem consideração. O hímen está esticado e rasgado, minha constituição sangra, o sangue flui. O colo do útero começa a palpitar. Minha carne se contrai e se expande ao ritmo do sofrimento.

Voltar à vida após o incidente não foi fácil. Começaram a me assombrar pesadelos, que não me deixariam pelo resto das minhas noites. Ao longo dos meses, senti aversão ao sexo e frigidez, mas o amor, sim amiga, o amor, assumia a tarefa de curar todos os meus males.

CARTA DEZESSETE

Há muito que me propus uma meta: tentar encontrar literatura em qualquer circunstância. A caminhada de uma criança, o latido áspero de um cachorro, a vibração furtiva de uma libélula; coisas simples podem ser transformadas em obras de arte. Sempre mantive a ideia (e continuo a mantê-la) de que a literatura é a arte de transformar o cotidiano em algo transcendental. As palavras estão aí, eu apenas as arranjo... Não estou inventando nada de outro mundo.

Tento encontrar aquelas imagens equivalentes a uma realidade fictícia ou a uma ficção real. As imagens que poderiam ser chamadas de poéticas, a não ser por se tornarem meramente descritivas e perderem a qualidade de inspirar vários significados na mente daqueles que as leem. O que não acontece na poesia, que é algo muito mais simbólico: em um verso, uma palavra pode expressar muitas coisas. Na narração, as palavras são transformadas em algo mais definido, mais acentuado, embora não mais preciso do que na poesia. Portanto, mantenho a poesia como minha reivindicação secreta. Em vez disso, posso exibir a narração. Minha determinação de ser escritor é mais forte do que qualquer futuro terrível, do que qualquer realidade avassaladora. Eu gosto de compartilhar com você o que faço, o que escrevo. Sejam minhas armas ocultas: esses poemas heterogêneos que eu dedico a você com paixão, ou seja minha prosa cheia de ganância: essas cartas cujos parágrafos são escritos com a lucidez de quem ama.

Um certo escritor, em uma entrevista a um colega, fez a seguinte pergunta:

Se um garoto de quinze anos viesse vê-lo e dissesse: 'Quero ser escritor, aconselhe-me sobre o que devo fazer. O que diria a ele?

E o colega respondeu:

Como os mestres zen, quebraria uma cadeira na cabeça dele. É possível que o jovem compreendesse o que há por trás da cadeirada; se, apesar de tudo, minha resposta, não fosse muito clara, eu diria que o simples fato de procurar aconselhamento externo em questões literárias prova sua falta de verdadeira vocação. Mas talvez a cadeirada fosse fatal, e teríamos menos um epígono, o que é sempre uma vantagem em nossos países.

Quando o escritor teve a oportunidade de entrevistar um grande poeta, fez a mesma pergunta.:

Se um jovem poeta, de uns quinze anos, viesse visitá-lo e pedisse conselhos sobre sua vocação, o que você diria?

O poeta respondeu:

Francamente, o que eu diria a ele é que escrevesse, ou continuasse escrevendo, versos para sua namorada. Parece-me que a poesia deve começar pelo amor, e

*possivelmente também onde deve terminar. Natural-
mente, entre este começo e este fim, cabe muito, cabe
o mundo, a vida. Mas isso é preciso ir aprendendo e,
apenas quando tiver aprendido a vida e sentido todas
as coisas, você poderá cantar tudo o que vir.*
É por isso que gosto de escrever para você. Porque
isso me faz sentir confiante. O que sinto, porque,
quando faço isso, percebo que conhecer é amar.
Que amar é viver.
Portanto, o amor me faz conhecer, me faz descobrir
coisas novas... em você e na vida.

Seu, cantando para você.

CAPÍTULO DEZOITO

Os instantes mais sublimes apareciam rapidamente e deixavam a memória avassaladora que superava as pausas da distância. Os primeiros contatos ousados foram feitos no parque quente a que costumávamos ir a cada duas semanas. Com a passagem da paixão e com uma modéstia que não podia mais subsistir, arrisquei lançar as frases indecorosas que expunham meus poucos dotes como amante. Frases como "quero fazer amor com você", ou "quero estar com você", começaram a soar bruscas e irreverentes frente a uma garota que mal conhecia os prazeres de algumas carícias. Mas minha insistência se manifestava com ousadia e prevalecia cada vez mais. Apesar do que aconteceu e sobrevoando seus traumas, eu me recusei a atender aos requisitos de uma sedução varonil, pois considerava um ritual sem sentido. Desejava que ela se entregasse a mim por razão, e não pela excitação que poderia ter lhe dado um momento de intimidade se eu a tivesse enganado para levá-la a um colchão.

Certa vez eu andei novamente pelo caminho de teca. O cheiro era diferente, como se tivesse sido oxigenado, polvilhado com lavanda ou preenchido por madressilva selvagem. Voltei ao local em um processo de peregrinação autoimposta que meu terapeuta não teria aprovado. Confesso que não senti ódio ou pânico. Talvez uma tristeza profunda e um sentimento de desamparo que, repito, não me abandonaram até agora.

CARTA DEZOITO

> O amor é o fim do
> confinamento.
> *A romancista*

Pensar em você é como imaginar o cosmos. Em certo sentido, é literalmente verdade. Para uma grande poetisa clássica, o amor representava o começo do universo. Ela retoma o conceito para aplicá-lo à sociedade. O amor é a força motriz por trás de muitos aspectos, conclui. Já ouvimos falar em amor à arte, amor à justiça, amor à liberdade e até amor a Deus e amor de Deus.

Sacrifícios são feitos por amor, e o que mais exemplifica isso é o chamado amor de mãe. E algo de que se fala nesses tempos é o amor ao próximo, que é a principal ideia da poetisa clássica (a quem se apegariam as doutrinas religiosas vindouras) e que, segundo ela, constitui o pilar básico da sociedade.

Mas o que nos interessa nesta carta é o amor erótico. Aquele amor que sentimos um pelo outro. E uma das primeiras pensadoras que lidou com esse tópico, embora não amplamente, foi a Filósofa. Por isso a denominação de *amor filosófico* àquele que não tem nenhuma pretensão de concretizar uma relação. Porque a Filósofa descreveu o amor como um sentimento que é dado sem esperar nada em troca, ou algo assim. Mas o chamado *amor filosófico* (que é uma expressão comumente usada em adolescentes sem barba) se torna uma constante em nossas vidas. O amor erótico (amor sensual ou amor sexual, que é o mesmo) é manifestado pelo desejo de atração por outra pessoa. Mas não é uma atração passiva, como no amor filosófico, é uma atração mais feroz, para chamá-lo de alguma forma, embora nem por isso seja prejudicial. O *amor filosófico*, por outro lado, é o desejo de conceder amor sem, portanto, receber nada em troca. Mas esse amor, sozinho, não pode funcionar em um casal, pois, da mesma maneira, o amor sexual, sozinho, não poderia constituir um relacionamento. Como seria um amor sem a alegria das ilusões? Seria mais interessante? Penso que não. Eu acho que o amor precisa dessas esperanças, ilusões, sonhos. Esperar uma carta ou um presente. O amor precisa dessa mágica. E esse amor, o comumente chamado *amor filosófico*, é aquele que impulsiona o humano a realizar ações exaltadas.

Essa poderia ser a premissa de nossas vidas, onde o amor filosófico se manifesta. Em outras palavras, estamos longe e ainda assim nos amamos. Não temos contato físico e, apesar disso, ainda nos amamos. O amor é algo muito mais profundo que o contato físico. Mas se aprendemos alguma coisa juntos, é a esperar e, com isso, condensar nossas ilusões. Para crescer nosso amor. É verdade que o amor erótico é necessário, mas também é verdade que toda a nossa vida não pode girar em torno dele. Você não pode sustentar um relacionamento apenas com base no sexo frio, da mesma maneira que não pode manter um relacionamento apenas com base em ilusões. Eu acho que você tem que saber conjugar (digamos assim por enquanto) os dois tipos de amor. Encontrar a medida exata para cada ocasião. Mas, no final das contas, são essas sensações, tanto a que sentimos quando estamos juntos quanto a que sentimos quando nos separamos, que fazem com que os casais contrariados lutem para estar juntos. O amor é capaz de tornar sublime o menor momento, se esse momento estiver presente na vida de dois amantes. O amor é o que sustentou os relacionamentos mais improváveis. É o amor que nos mantém juntos, apesar de separados. O amor é o que nos faz sentir livres, apesar do contrário. Para o amor, não existem barreiras, fronteiras, prisões ou cercas, mesmo que existam. Mas o amor sabe como enfrentá-los. Nosso amor sabe como enfrentá-los. De tudo isso e mais o amor é capaz... Amor e, claro, uma carta.

Sua, sempre com amor.

TRISTEZA

A tristeza vem dos pulmões e é inalada para causar metástase cerebral. É de cor cinza, porque produz fraqueza e tédio. Aparece com um som monofônico e uma sensação entorpecida. Sua marca astral é a Planta, porque é estática e melancólica. Nas cartas de tarô, eu a identifico com O Ermitão, retirado do mundo em isolamento voluntário. No zodíaco ocidental, interpreto-a com o signo de Sagitário, de natureza filosófica e alheio às paixões humanas. No zodíaco chinês, eu a mostro na Cabra, afável e contrita. Tristeza é Prata e cai no Outono, quando um grande Sapo erupciona putrefação.

CAPÍTULO DEZENOVE

As carícias nos intoxicavam e sutilmente voavam para o pequeno quarto que alugávamos desesperadamente. E seus seios estavam nítidos, com os mamilos eretos e com a minha língua em comemoração. Os carinhos se transformaram em intensidades corporais que só se expressavam pela ternura das mãos. O contato de nossos sexos através das calças odiosas aumentava a necessidade de nos ver nus.

O amor é o melhor remédio para todos os males, dizem. E cheguei a acreditar. Foi por amor que fui a lugares inesperados, sempre amparada por seus braços, foi por amor que ousei enfrentar minhas fraquezas e terrores mais profundos. Foi por amor que resisti por todos esses anos. Por amor a ele e à promessa que lhe fiz.

CARTA DEZENOVE

Desde pequeno, ouvia falar de inspiração. E associava a imagem de artistas a seres extraordinários que *nasciam com um dom*. Hoje, graças às leituras que fiz e à pouca experiência pessoal que tive no campo da escrita, posso dizer que esse não é o caso, ou seja, que ninguém nasce com essa suposta graça.

E aqui vem o ponto da inspiração. Porque se é verdade que para escrever você precisa de conhecimento, também é verdade que para fazê-lo você precisa daquela centelha que impulsiona a escrita, aquele brilho enigmático que recebe o nome de *inspiração*.

Essa definição exemplifica parcialmente o processo de escrita, mas não é apenas a explosão mental que invade às vezes, mas também o esforço para a transmutar a uma folha de papel (ou a uma página virtual, neste caso, isso não importa).

Então você chega a esse ponto, onde nasce uma escrita: entre a fina barreira na qual uma ideia chega e depois de onde a pessoa começa a trabalhar. E o que mais tem a ver é o trabalho. Não me lembro de onde li, mas concordo muito com essa frase: a escrita é uma porcentagem mínima de inspiração e a maior parte é transpiração. Em outras palavras, não é apenas a ideia, pois, se não houvesse alguém capaz de materializá-la, seria inútil. E acredito tanto nessa frase que a transformei em uma espécie de credo. Eu poli uma expressão popular que é: *o talento é uma longa paciência.*

Muito já foi dito também sobre a musa dos poetas. Certamente, alguns artistas tiveram suas musas de carne e osso como, o Grande Pintor tinha Jacqueline, como Dante, que foi inspirado por Beatriz, seu falecido amor, para ir em sua busca ao inferno, ao purgatório e ao céu, em um belo poema da antiguidade. E mesmo um personagem de ficção tem sua musa que o inspira para as aventuras mais loucas, falo de Dom Quixote, porque embora, seja verdade que a mulher que ele pensa ser uma linda princesa é na verdade uma agricultora, a ideia de Dulcineia é projetada em sua mente como uma fonte de inspiração, sendo famosa Dulcineia del Toboso, no final, uma simples imaginação do cavaleiro errante. O poeta tinha a natureza como musa, pois gostava de cantar o que via. Do mesmo modo, os escritores místicos se inspiravam em Deus, ou melhor, Deus os inspirava. Mas também existem musas cruéis, que atormentam o escritor como a sociedade ou a condição humana.

O interessante da inspiração é sua capacidade de revelar todo o potencial das pessoas. A *inspiração* é uma força estranha e contundente. A inspiração é essa imagem ou associação de imagens que de repente nos é dada, esse *tipo de revelação*, é essa ideia fortuita, passageira, mas profunda, que deixa uma marca ao passa por nós, essa cicatriz que não se cura, pelo menos no meu caso, até que seja capturada em uma folha. Talvez haja um deus e, neste caso, provavelmente, seu poder consiste em inspirar pessoas.

Mas fiz esse pequeno ensaio inútil como um prelúdio para a constante manifestação disso que sinto por você, porque, embora seja verdade que o Grande Pintor teve sua Jacqueline, Dante sua Beatriz, o Poeta sua Natureza, alguns escritores sua cruel Sociedade, outros, sua horrível Condição Humana, e Dom Quixote sua Dulcineia del Toboso, não tenho nada a invejar, porque tenho você. E posso supor que não tenho você para fazer nenhuma obra de arte através de você. Eu tenho você porque você já é uma obra de arte.

O mais gratificante da inspiração, definido nos termos mencionados acima, é que através dela eu posso escrever para você. E embora o que escrevo não tenha a perfeição adequada para a finalidade a que esses escritos modestos são destinados, isto é, para dizer em palavras de amor que o desejo avassalador que tenho por você, por sua risada, por sua voz, pelo seu corpo, pelas suas palavras, pelo seu ser, aquilo a que, na linguagem que aceito, damos o nome de alma, o desejo avassalador, eu dizia, não cabem em mim, e essa é a única maneira, em nossa distância de alguns quarteirões, que encontro para que se derramem. Meu desejo é derramado por essas palavras, e isso não significa que o desejo cesse: significa que, quanto mais paixão eu manifesto por você, mais desejo sinto por você.

O amor é um tipo de inspiração. Pode ser tomado como algo divino. Lamentamos, mas não podemos saber exatamente o que sentimos. É uma revelação. E só podemos concordar com as definições já levantadas e dizer que o que sentimos é amor.

Mas é assim: você sabe que existe mesmo que você não saiba o que é. Como se mede? Por peso, comprimento, diâmetro, quantidade, qualidade? É um mistério. Um verdadeiro mistério.

O Filósofo contou um mito: os humanos eram anteriormente hermafroditas, e os deuses os dividiram em duas metades, que desde então vagam pelo mundo e se procuram. O amor é a necessidade de procurar a metade perdida de nós, mesmo que não a encontremos.

Quando a inspiração toma conta de alguém, não há força contraditória capaz de interromper esse impulso primordial, esse poder arrebatador que força a ideia a se materializar. É como se a melhor coisa do mundo estivesse sendo feita. É uma obrigação pessoal.

E nesta última frase, nascida de uma inspiração momentânea (uma inspiração, para dizer o que é inspiração), posso expressar em breves palavras a fórmula que tenho procurado nos parágrafos anteriores: inspiração é a obrigação pessoal de não deixar escapar uma ideia. Mas não é uma obrigação em si. Quer dizer, uma obrigação autoimposta. Pelo contrário, é uma obrigação gratuita que não tem mais

satisfação do que vê-la realizada. Desse modo, concebo o amor: como obrigação pessoal de não deixar ir o ente querido. Mas, repito, não é uma obrigação em si. É um tipo de reação natural que o corpo, a mente ou a alma (se houver uma alma) reivindicam ou concedem. E fico satisfeito quando percebo o amor materializado em um sorriso seu, em uma palavra doce, em um olhar terno, em uma carícia suave.
Tudo isso me leva a inferir que existe um deus que pode fazer tudo: o amor é um deus. O único deus é o amor, e ele pode fazer tudo.

Seu e inspirado, Abelardo.

CAPÍTULO VINTE

E o dia tão esperado chegou. Quero estar com você, sussurrou minha voz em seu ouvido. Eu também, disse a sua. O fim de semana foi uma emoção colorida. De manhã, um táxi em ruínas nos transportou para o local predeterminado, como a materialização daquele raio luminoso e etéreo que os crentes observam quando estão à beira da morte e, dizem, levam ao céu. E um paraíso imaginado era ingênuo diante da maravilhosa sensação de conhecer um ao outro. Entramos nervosamente no pequeno corredor, vendo o táxi ir embora, e tropeçamos na sala iluminada e cheia de espelhos. Um abraço apertado acalmou nossos nervos. Levou apenas alguns minutos para que a calcinha dela ejetasse rapidamente e que os botões da minha camisa fossem desabotoados com o luxo que somente suas mãos podiam impor. Os beijos se intensificaram e propuseram o ajuste da nossa pélvis. Satisfeitos e brevemente desgastados pela batalha física da paixão, deitamo-nos na cama com nossas mentes incitando nossos corpos a descansar (ou talvez com nossos corpos estimulando nossas mentes a descansar).

A primeira vez que me entreguei a ele foi em um motel fora da cidade. Eu não tinha mais medo, tinha sido tomada por uma paz interior que superava qualquer tentativa da minha psicologia de me trair, e entrei em um relaxamento que experimentaria em poucas ocasiões e sempre ao contato de seus poros. Ao contrário de mim, ele tremia. Foi a nossa primeira vez. Fechei os olhos e ele entrou em mim timidamente, e o recebi com todo o amor do mundo.

CARTA VINTE

O amor é capaz de nos ensinar todas as virtudes.
A Filósofa

Ser sincera é falar abertamente, é falar sem educação, é falar sem retórica, sem maneirismos linguísticos, sem introspecções complicadas, sem ambiguidades, sem rodeios, sem aquela insípida falta de palavras que a única coisa que faz é nos complicar. Mas é uma meia verdade, pois neste momento estou sendo sincera precisamente com palavras abstratas. Você poderia dizer que é um paradoxo, mas não. Eu já disse isso: é uma verdade para mim. E meias-verdades carecem de um complemento, é claro, puramente linguístico. Então, vamos remediar a frase:

Ser sincera, *em algumas ocasiões*, falar sem educação, é falar sem retórica, sem maneirismos linguísticos, sem introspecções complicadas, sem ambiguidades, sem rodeios, sem aquela insípida falta de palavras que a única coisa que faz é nos complicar. Sempre fui da ideia de que a educação é uma camuflagem da realidade, uma espécie de hipocrisia disfarçada. Saúdo meu vizinho, o corrupto, simplesmente porque ele fica à minha presença e porque é isso que é exigido pelas convenções de nossa sociedade muito ilustre; estendo minha mão ao infeliz mulherengo do meu parente distante simplesmente porque ele faz parte da família; digo bom dia a fulano de tal, apesar de ser um ladrão, não um ladrão de rua, esses são um pouco mais sinceros, porque pelo menos eles se atrevem a se arriscar, mas falo dos ladrões de escritório, com cadeira e secretária, aqueles que se refugiam atrás de quatro paredes ilustres. Às vezes, fico cansada da educação e prefiro pular protocolos. Não cumprimentar quem não quero cumprimentar, não sorrir para quem não quero sorrir, não falar com quem não quero falar, enfim, ser honesta comigo mesma. Não me lembro que grande escritora disse isso, e não é preciso ser uma grande pensadora para perceber (também não desejo manchar esta carta com um nome famoso), mas a pior maneira de enganar é enganar a si mesma.

Eu sempre tentei ser sincera, até no mais trivial. E, quando não o fiz, repreendi-me ao ponto do tédio. Não que eu seja perfeita. Alegar perfeição seria um grande engano, o maior.

E uma prova é que ser sincera não significa ser boa. Pelo contrário, para ser sincera, você simplesmente precisa ter muita malícia. Como não cumprimentar uma pessoa quando ela está atenta à nossa saudação, como não sorrir para à gracinha quando estão esperando nossa risada, como contradizer quem tem uma suposta verdade quando fazer isso implicaria expô-lo à vergonha? Tudo isso requer malícia.

Mas, por outro lado, existe sinceridade pura, que é dada sem a necessidade de contradizer ou repudiar qualquer ação. Ouso dizer que essa é a sinceridade que professo para você. Aquela que não precisa de protocolos. Aquela que me leva a dizer que gosto do seu pênis e que gosto da sua risada. Então, digo claramente. Aquela que não depende da educação. E que educação eu preciso para expressar que eu amo você? Até a mulher neandertal saberia como fazê-lo, bastaria colocar um homem neandertal na frente dela.

De que educação preciso para tocar seu corpo, se houver mais posturas em minha mente do que pude ver no Kama sutra? Que educação eu preciso para poder cortejá-lo, se em um abraço eu digo o que tenho por dentro? Que educação é necessária para dar um beijo, se com duas bocas juntas e com duas línguas é possível fazer o que desejamos?

O amor não precisa de educação. Talvez eu tenha notado algo aparentemente imperceptível: muitas pessoas, quando terminam um relacionamento, reclamam que a pessoa com quem estavam não era a certa. E muitas se separam após um longo período juntas. Eu coloco a culpa de tudo isso na educação: educação é camuflagem, é, em certo sentido, hipocrisia. E quando fulano de tal ou fulana de tal se dá conta de que ciclano de tal ou ciclana de tal não era a pessoa certa, é porque até aquele momento pôde conhecer a pessoa em sua totalidade; isto é, conhecê-las em a camuflagem da educação. Por isso, sempre achei melhor me entregar completamente, sem máscaras, sem disfarce. Ser o que eu sou. É o que eu fiz com você, e o que sinto que você também faz comigo, ou seja, você se mostra como é.

É assim que o amor se torna espontâneo, sincero, puro, é assim que o amor se torna verdadeiramente amor. E isso não significa que desprezar a educação leve à vulgaridade, porque dentro desse amor gritante a vulgaridade forma outra realidade mais sublime. Nesse sentido, o vulgar é delicioso.

Com isso, não quero dizer imagens grosseiras, aberrantes ou dignas de pena. Refiro-me à sensibilidade que se respira após cada uma delas: o amor em suas diferentes dimensões. Mas, voltando ao amor romântico que ocorre entre o casal e focando especificamente em nosso relacionamento, essa premissa se torna latente e nos mostra que, na realidade, para amar não é preciso formalidades ou cerimônias (talvez por esse motivo alguns decidam não se casar, pois isso é uma formalidade e, ao mesmo, tempo uma cerimônia). O amor nos torna mais autênticos, mais nós: mais eu, mais você. Isso nos faz mergulhar em nós mesmos sem nenhum engano. O amor me faz pensar que você é o homem certo. Que, sem a sua alegria, minha vida seria triste. Sem o seu entendimento, minha vida seria caótica. Sem a sua paciência, minha vida seria desesperada. Sem o seu carisma, minha vida seria opaca. Sem sua objetividade, minha vida seria uma fantasia boba. Sem o seu corpo, minha vida seria uma imaginação vil. Sem o seu desejo, minha vida seria um esboço do irrealizável. Sem o seu apoio, minha vida seria uma batalha perdida e esquecida. Sem o seu amor, minha vida seria algo descartável, algo temporário, algo sem gosto.

Estou ciente de que a educação, em um certo nível, é o que me permite dizer tudo isso. Mas o fato transcende. Porque, nesse caso, a educação é o meio de expressar meu amor por você, e não o contrário. Ou seja, não é o amor que precisa de educação. E volto ao assunto por um longo tempo, o amor que sinto por você, o amor que sentimos, está isento dessa educação desonesta que nos obriga a não ser sinceros, que nos obriga a ser um ser camuflado. Porque não preciso de educação para tocar seus testículos, lamber seus mamilos, beijar seu pescoço, escovar sua bochecha com as pontas dos meus dedos, acariciar seus cabelos inquietos, beijá-lo gentilmente na testa, olhar em seus olhos profundos e mergulhar neles como em busca de algum tesouro. Porque você não precisa de educação para tocar minha virilha, lamber a parte de trás do meu pescoço, abraçar-me, beijar-me com ternura, acariciar-me com seus olhos, apertar sua mandíbula e encarnar minha boca, beliscar suavemente meus lábios com seus dentes.

Porque o amor é suficiente para encher tudo. Porque naquele silêncio calmo, naquela paz inaudível, reconhecível apenas pelos sentidos, imaginação e lembranças, naquela sensação imperecível, todas as realidades, todas as verdades, todas as virtudes estão presentes.

Tua, indomável.

ADMIRAÇÃO

A admiração vem do nariz e faz uma peregrinação ao nervo olfativo. É de cor branca, devido à sua pureza. Ela se define com um som fino e delicado e uma inspiração frutada. Sua conceituação como símbolo é a Terra. Nas cartas de tarô, comparo-a com o Mundo, de harmonia e felicidade. No zodíaco ocidental, denoto-a com o signo de Peixes, sensível e em harmonia com a natureza. No zodíaco chinês, eu o exponho com o Rato, intuitivo e trabalhador. A admiração é Cobre e possui força Eletromagnética, que acompanha o Cisne cheio de brancura e purificação.

CAPÍTULO VINTE E UM

Semanas mais tarde, o ritual anterior ao sexo se fazia presente com a necessidade de carícias. Embora a semelhança arquitetônica do quarto se assemelhasse muito ao anterior, era diferente. Os amantes, os mesmos. Apertos e carícias oscilavam implacavelmente pelos corpos nus. Sua virilha me parecia o Éden; seus seios, a pureza do Ganges; sua boca, o prazer nunca descoberto. O amor nos agrada e volta a nos vestir. O prazer era iminente, especialmente sabendo que a mulher que o propiciava era Eloísa.

Nossa segunda vez foi a nossa última vez. Eu experimentei toda a paixão que qualquer mulher gostaria de sentir. Apesar de sua inexperiência, ele depositou em mim todos os seus esforços e um repertório de carícias, como se tivesse ensaiado por toda sua vida para aquele momento. A falta de jeito de seus nervos era compensada pelo ímpeto de sua juventude, ardente e cheia de vigor. Da minha parte, surpreendi-o com acrobacias que havia preparado para ele e me senti lubrificada e febril, cheia e totalmente provida, como nunca faria novamente.

CARTA VINTE E UM

Estava pensando em algo banal no momento em que isso recai sobre mim (como as ideias geralmente recaem), como o relâmpago, uma necessidade quase indescritível de escrever o que você está lendo. Nos meus estudos, sempre me inclinei para o que é considerado desconhecido; é por isso que guardo, tanto na pequena e improvisada biblioteca-teca que fica no meu quarto quanto na que guardo na memória do meu computador, informações relacionadas a esses tópicos de ocultismo, enigmas, coisas paranormais e metafísicas, lendas e outros. O ponto é que todas as opções acima não são iguais ao mistério mais maravilhoso de todos: você.

O pensamento que despertou meu interesse em pesquisar você (na verdade, descobrir você) era uma pergunta: o que é aquela coisa deliciosa que causa meus pensamentos mais desenfreados? O que é aquele animal quimérico que faz meu coração disparar até sua capacidade máxima toda vez que meus olhos percebem sua presença? O que é esse ser imaculado que provoca em mim a mais calma felicidade que pode ser obtida durante um minuto de paz? A pergunta era: o que você é? (E não interprete mal o pronome interrogativo, que uso porque acho inconcebível usar outro termo para se referir a um ser que escapa a toda concepção do humano, do divino e até do extraterrestre). Meu desejo de saber se tornou tão intenso que escrever tornou-se uma necessidade. Só assim poderia rodear o mistério. Para começar, devo salientar que você é algo que irradia esplendor. Embora pareça uma frase fácil, a beleza do seu rosto nunca será igual à de qualquer mulher. Assemelha-se a um pôr do sol, apenas misturado com a excentricidade de um arco-íris e a serenidade de uma lua cheia. E, no entanto, suas feições carecem da moldagem comum que equivocadamente me deslumbrou muitas vezes em algumas pinturas do Renascimento. Sua testa altiva reflete a perspicácia natural que emana de coisas que você não entende ou de coisas que acha que entende, e se desenha perceptivelmente ao vento quando você se move, enquanto eu a admiro com a mesma complexidade com que um inventor se deleita diante do funcionamento de seu maior projeto ou talvez com a atenção requintada que um pintor derrama sobre seu trabalho mais recente. A magnificência de suas maçãs do rosto nunca abruptas, laboriosamente moldadas, me leva a pensar que há uma semelhança, ou melhor, eu diria um conflito de superioridade com as principais arquiteturas góticas, não tanto pelo intrínseco ou belo que seus personagens implicam, mas pelos mistérios insondáveis escondidos atrás da sua construção. Seu belo nariz se delineia limpo e cai cautelosamente de qualquer ângulo que seja admirado, e, com cada batida de suspiro, realça-se a vivacidade frondosa que se manifesta de uma maneira inexplicável no balanço de seus quadris. E seus lábios incandescentes que assassinam a apatia, a raiva e o orgulho e que, com cada expressão mínima e com cada sorriso deslumbrante, despertam em você uma sinceridade enigmática e refletem a mais pura majestade da natureza. Esses lábios misteriosos parecem duas cachoeiras opostas que correm para um lago de doçura. Eu não poderia dizer menos sobre seus olhos, seus olhos brilhantes e animados que, a cada movimento exótico de cada piscar de olhos, simulam uma morte momentânea utópica, mas isso me enche de alegria ao contemplá-los, como duas lâmpadas ao ar livre que ninguém percebe até começarem a irradiar luzes em excesso. Acredite, por favor, que ninguém mergulharia em suas intrincadas pupilas com a carícia indelével com que faço isso toda vez que tenho a sorte de vê-la! Você é uma obra de arte requintada de qualquer ângulo em que a olhe. Você não pode imaginar o quanto e como eu lutei para estudar sua beleza. Sua silhueta é a percepção que cativa meus olhos; e embora quisesse descrever a harmonia da perfeição do seu corpo, não gostaria de resultar em morbidade e que de alguma forma interpretasse mal minhas palavras. Por isso, evito detalhar o resto da sua figura, fina e agradável. Figura que me impressiona toda vez que se manifesta diante de mim e que eu a contemplo não como um animal diante de sua presa, mas como um pequeno animal indefeso diante de seu predador.

Algo que também me inquieta de forma obsessiva é a melodia que emitem suas palavras. Sem dúvida, nem mesmo a peça musical mais suprema superaria a beleza dessa eufonia que você orquestra a cada sílaba que emite. Quer você fale, grite ou sussurre no meu ouvido, essa sinfonia nunca variará em beleza ou exuberância.

Mas eu apenas descrevi sua beleza física. E algo que me consterna ainda mais é a sua delicadeza interior. Falar sobre você não é falar sobre o humano. Se existe algo divino no mundo, certamente é você. Sua serenidade externa perceptível diante das situações mais indesejáveis muitas vezes me leva a pensar na paz que as florestas experimentam ou nas habilidades espirituais dos mestres zen. E sua segurança feminina, que você demonstra a cada passo, inspira todos os que olham para você a serem fascinados por coisas bonitas; não é algo completamente físico, porque tenho certeza de que nessa caminhada deslumbrante o mais puro de seu ser também intervém. Sua inteligência ciclônica engloba qualquer vestígio de dúvida e de repente a transforma em laboriosas conjecturas que, embora às vezes me confundam, a longo prazo talvez instruam com a mesma doçura com que uma criança é ensinada.

Seu espírito livre e independente é o que mais excita meu coração. A clareza de suas decisões e a percepção que você mantém dos seus erros é o que a torna única. A vontade se torna evidente em você com grande eloquência em sua maneira fervorosa de fazer as coisas. E a excentricidade de seus atos se expressa, de forma sem precedentes, em seus pensamentos mais intrincados (embora devesse ser o oposto, mas é assim que você é: única, resplandecente e única), pois ninguém a entenderia corretamente, a menos que explique o porquê de suas razões. Sua bondade se reflete esporadicamente na concepção de suas ideias e, especificamente, em suas ações. E a espontaneidade de seu ser está naturalmente presente em qualquer circunstância, seja no sofrimento ou na felicidade, no rancor ou no arrependimento, na raiva ou na brandura, na desordem ou na harmonia. E da sua sinceridade, nem tenho o que dizer. É um sentimento quase inefável que você produz para mim em cada frase que pronuncia, eu não chamaria isso de poder de convicção, eu chamaria simplesmente de entrega, paixão, arte. E o que mais me deixa louco e desconfortável, mas ao mesmo tempo me fascina e me desgasta, é quando você se pronuncia nesse estado mental oculto, quase de transe, que emite com todos os seus sentidos em momentos efêmeros, até poderia assegurar que esse estágio passageiro se assemelha a um 'presque vu" ou talvez ao estado de paz interior que os budistas chamam de nirvana. Em conclusão, você é um universo. Sua luminosidade se compara com a queda de um meteoro, o voo de um cometa, o desejo realizado de uma estrela cadente ou com o fundo do oceano, mas tenho certeza absoluta de que, se em algum momento estranho eu tiver experimentado cada um desses fenômenos, poderia me dizer: *não, definitivamente me enganei: nada supera a beleza da minha amada.*

Uma coisa que nunca poderei negar é que você estará sempre exposta ao deleite, constantemente. Não importa desde que ponto se arrebatem com seu ser, seja uma pessoa perceptiva reconhecendo sua serenidade, algum colega elogiando sua inteligência, um ser humano suficientemente humano admirando seu pensamento livre, algum ser capaz de examinar sua vontade expressiva, uma pessoa agradecida reconhecendo sua bondade ou qualquer um dos homens mais triviais fazendo uma avaliação anatômica (elogio gracioso, diriam), até você mesmo surpreendendo-o com sua sinceridade e espontaneidade, mas ninguém será capaz de se maravilhar e se perder em suas belezas labirínticas como eu faço toda vez que penso em você e toda vez que vejo você.

Independentemente do que escrevi, sei que ainda tenho um trabalho pendente: saber realmente o que você é. Por mais que tenha tentado, simplesmente detalhei o mais perceptível que existe em você (ou melhor, o mais perceptível que pude apreciar em você), mas sei que talvez nunca seja capaz de interpretar sua verdadeira essência, simplesmente porque você é indescritível. No entanto, após o exposto, atrevo-me a arriscar a hipótese (pelo menos

por enquanto e porque não é correto deixar a questão inconclusa) de que você é a melhor coisa que já
me aconteceu...

Apaixonadamente seu.

EXALTAÇÃO

Sua beleza é imensurável. Helena é ridícula ao seu lado; Dulcineia, grotesca. Paris teria ignorado suas opções e a escolhido. A gentil Eva, desenhada por histórias bíblicas, é um fantoche se observarmos em sua mais pura concepção a beleza de minha amada. Beatrice de Dante, uma engenhosidade, um tanto delineada por um cérebro. A magnitude da beleza de Eloísa é natural, inimaginável. Ninfas são uma gargalhada em comparação com a voluptuosidade de seu traseiro. Seus olhos são mil vezes melhores do que qualquer conto das Mil e Uma Noites. Seus seios carregam enigmas como os perfis de milhões de Odaliscas, e seus mamilos admitem uma tendência surrealista e sugestiva. Tê-la comigo me torna privilegiado. É tão compreensiva, tão carismática, tão perspicaz. O amor tornou-se um amigo fiel e, nesses instantes da minha vida, não posso ser mais feliz.

Sou Eloísa, a ultrajada, a insultada, a que recebe salário menor, a que não tem direito de voto, a que não pode sair de casa, a escrava doméstico, a que apenas mostra os olhos, a que é explorada por um cafetão, a que é comercializada em pornografia, a que é casada sem seu consentimento, a que é julgada por sua preferência sexual, a garota que está sendo estuprada agora por um familiar, aquela a quem estão fazendo a ablação do clitóris, a que foi golpeada no rosto e na alma, a que foi estuprada por uma manada, a que teve cortadas as mãos, a que foi decapitada, a que teve uma vassoura enfiada na vagina, a que teve uma chave de fenda enfiada no ânus. Eu sou Eloísa. Eu sou você, sou todas.

CARTA VINTE E DOIS

Os livros estão amontoados em um canto como formigas que andam em busca de comida. As goteiras são implacáveis. Uma sonata de Hensel cruza meus ouvidos e me estremece. Penso em você. Tudo seria diferente sem você. Tudo está diferente com você. O aqui e o agora. Eu desfaço as teorias do espaço e do tempo quando esses conceitos são aniquilados só de pensar em você.

Agora é Caccini que voa pelo quarto íntimo, mas mesmo a boa música não tem essa capacidade de extrapolar a existência, de fazer convergir o bom e o mau como apenas o contato com a pele é capaz. A sensação inexpugnável de escapar do mundo. Sentir aquela emoção quase de brisa que transforma o menor lugar em um paraíso esplêndido.

Tocar seus lábios com meus dedos, delineá-los com suavidade, doçura, ternura, ardência e calor. Sentir o seu olhar fechado na receptividade da sua boca. Ardendo em desejo. Clamoroso.

Tocar meu pescoço, descer como um lago de cisnes e contornar as colinas dos meus seios para não me desmanchar em prazer. Ainda não. Tocar meu estômago. Meu umbigo, o centro de mim. Admitir o desejo, para não rejeitar as expectativas. Para se tornar mais ousada.

E você me estica como se estivesse deitando meu corpo na grama, despreocupado, livre. E olho para as nuvens, que têm o formato de suas mãos ousadas que viajam até o último canto da minha pele, até o menor buraco. Eu as vejo, de olhos fechados, como é a única maneira de vê-las.

Impudica, desavergonhada me atiro, já não sou mais quem recebe as carícias, mas quem as dá, a estigmatizadora de prazer, a que se cansou de receber as guloseimas aos poucos e quer um almoço de boca cheia.

Schumann toca. Apalpo calmamente. Sem a estridência de Maconchy, sem a delicada magia de Boulanger, sem suas pausas e silêncios, como minhas mãos, calmas, reduzidas à expressão mínima. Estou exausta, estou diluída, derramo-me. Meu corpo vibra com a batida da minha respiração irregular e extática.

Volto a olhar para você, olhos que irradiam insaciedade, ternura excessiva levada aos limites de sua resistência. Cadência dos meus quadris insuportáveis que exclamam: sede! fome!

Então, somente então (neste momento, toca Strozzi), você entra em mim, nossos segredos se fundem, e o grito se abre e se comprime no nascimento. Não devem ouvir nossos mistérios.

Dentro de mim tudo é diferente, você se sente protegido pelo calor do meu ventre devorador que abriga seus sonhos e seus desejos.

O cochilo é um balanço de suor e pecado que te purifica como água benta ou como proclamações anti-heréticas, como um exorcismo da apatia, da dor e da vida.

E o jantar é contínuo, imperecível (o espaço-tempo não existe mais), quando você se permite ser o criador e destruidor de tudo.

Jacquet se junta, fica alto com sua música poderosa, como meu corpo; sem mais delongas, minha criatura sublime, camuflada pelos meus lábios (não os da minha boca), emerge com a audácia de sua saliva, e o desejo é condensado cada vez mais, mais e mais, até que explode em um nirvana lubrificante e rouco que sacode meu corpo na epilepsia orgástica.

E volta a mim, Fausta, mulher infernal que te deixa louco, te perde, atacando meus mamilos estelares, meu sexo de algas e minha bunda de flores.

Descubro o eterno apaixonado de minhas carícias, de meus poderosos movimentos, de meus gritos animais e de meu ventre voraz, saciável apenas com a exaustão.

Então meu corpo, qualquer parte, bebe do seu ser, quando Boulanger se apressa, dilui a música, dilata-a, e eu só a ouço enquanto vejo você, enquanto ouço você, e essa música é como se fosse sua voz.

Seu animal agora dorme a soneca do amor. E desta vez são é Martines que lisonjeia meus tímpanos. Música longa e quente, com o ritmo preciso da descida.

Quando já não deseja mais meus fluidos, o aroma

virginal de meus líquidos, o cheiro de frutas madu-
ras que emana de minhas nádegas de porcelana ma-
cias, o sabor semilácteo de meus seios jovens e su-
culentos, descansamos o instante do amor; porque
é aqui que estamos depois da batalha ardente da
carne. Nós somos novamente nós. O tempo corre
novamente? O espaço existe novamente?
Somos dois novamente, semelhantes em espírito
(em matéria) com nossos próprios atributos que desejamos mostrar ansiosos, como sempre. Aqui está
o maior instante do amor, do abraço terno e vee-
mente, das carícias não mais de prazer, mas de ternura.
Somos você e eu novamente, não somos mais o
grande corpo unido por nossos órgãos genitais, con-
fusos em saber quem penetra quem e quem é pene-
trado, quem bebe e quem é sugado, quem é, já que
éramos um. Agora estamos aqui, sendo ambos. A
hora da sobremesa. Sabendo que somos diferentes,
mas unidos por algo muito mais forte que os líquidos que secretamos. Do amor, que é o que realmente resta depois de nos penetrar. Não apenas seu
esperma e meus fluxos. Fica o amor...
E ouço um a um Jacquet, Martines, Hensel, Schumann, Caccini, Strozzi, Boulanger, Maconchy... e
nenhum, acredite em mim, nenhum me mostra
uma música melhor que a do seu corpo, que a da
sua voz, que a dos meus gritos silenciosos ou do cla-
mor úmido que você canta da minha vagina.
Fica o amor... Depois do coito. É amor, verdadeiro
amor.

E voltamos a ser dois, não mais um. Para voltar a desejar saciar-nos do desperdício e da loucura, com a veemência mais flagrante e obscena, e depois poder encontrar a paz que o amor dá, a sensação de saber estar ao lado do corpo amado, não o desejando mais, unido consigo mesmo, mas simplesmente estando lá.

E o tempo passará e, cansados de nos dar esse amor silencioso e intocado, nos renderemos novamente à nossa carne.

Então, caímos no círculo vicioso, em nosso eterno retorno, em nosso ouroboros de amor particular. Indizível, perfeito, sublime.

Cruzaremos nossos corpos novamente, para que depois disso, sem impedimento da carne, possamos nos amar plenamente.

Fervorosamente sua.

AMOR

O amor irradia do coração e navega por todas as artérias até atingir o nervo glossofaríngeo. É vermelho, representando paixões e sangue. Ele é incorporado em um som polifônico e um aroma perfumado e intoxicante. Sua crista sidérica é Fogo. Nas cartas do Tarô, eu o harmonizo com Os Amantes, que demonstram relacionamentos estáveis. No zodíaco ocidental, eu o mantenho com o signo de Touro, resistência e paixão. No zodíaco chinês, eu o exteriorizo no Tigre, ardente e pronto para defender o que lhe pertence diante de todas as adversidades. O amor é a Pedra Filosofal que ocorre na Primavera, quando a Fênix vira ouro no último processo de perfeição filosófica.

EPÍLOGO

Uma lágrima angelical apareceu no rostinho de Eloísa. A presença de algumas rugas revelou uma vida de dor compensada pela gratidão das lembranças. Havia feito uma pausa depois do último fragmento de sua narração, como se tivesse engasgado com tantas lembranças, e não era de admirar. Eu olhei para ela com uma devoção ao oráculo e respeitei seu silêncio. Outra lágrima escapou. Permaneci calada. Seu olhar foi para o teto, mas não contemplava o material. Seus olhos estavam fixos em algo além do palpável. Falou. E fez isso porque devia. Porque aquilo estava engasgado e, naquela noite, pela primeira vez em cinco anos, na frente desse estranho, era hora de expeli-lo.

Ele faleceu algumas semanas depois de me ter escrito a história que lemos nos dias de hoje. Ele sempre dizia que havia nascido para ser escritor, que as estrelas ou a sorte lhe haviam imposto a tarefa. Eu acreditei nele, porque naqueles tempos iniciais e apaixonados estávamos determinados a explorar os limites das ideias e da literatura. Ele começou a escrever nossa história e uma visão particular das emoções, que chamou de Teoria dos Afetos.

Um enorme nó apertou sua garganta, forçando-a a engolir em seco; e, naquele momento, tenho certeza, ela não sabia se tinha as lembranças envelhecidas pelo tempo, ou se seu tempo era marcado pelas lembranças.

Percebi sua voz. Aparentemente, já não se importava se eu a ouvia. Ela queria se ouvir. Queria gritar a si mesma o que havia calado por tantos anos.

Quando o acidente ocorreu, começou seu estado de coma. Eu não acreditava. Não podia acreditar. Ele ficou fora de si por quatro dias. Acordou, mas ele temia o mais nefasto. Ele me fez prometer que eu continuaria sem ele.

Fez outra pausa, alimentada pela dor. Prosseguiu.

Ele me pediu para reconstruir minha vida, ter filhos e netos, cuidar deles com o mesmo amor e paciência com que ele teria cuidado. Meu rosto chorava, e implorei para que ele ficasse ao meu lado. Aceitei a promessa, porque não me restava outra opção.

Ele expressou este último por meio de recriminação. Lágrimas rolaram por suas bochechas, não me surpreendendo mais. Pelas minhas também. Com nostalgia suicida, ele me disse que tinha sido a lembrança de seu amor que havia preenchido sua vida com coragem para continuar no mundo.

Mudei-me para longe da cidade. Um mês depois, descobri que estava grávida de uma menina.

Passou o antebraço pelo rosto turvo e, com a mesma habilidade com que os gatos limpam o rosto, Eloísa enxugou as lágrimas que emanavam da melancolia. Aproximei meu lenço e a ajudei a limpar as bochechas. Eu me arrependi de não poder secar as que vazam do coração dela.

Certa vez, prometemos envelhecer juntos, exclamou, e rompeu em um pranto incontrolável.

Quando se acalmou, reparei que era tarde e a convenci da necessidade de descansar. Talvez fosse eu quem precisasse descansar com mais urgência, porque tinha sido a infeliz ouvinte dessa narração de infortúnio, mas também a agradável depositária de uma história de amor. Eu me despedi com um beijo na testa. Aquela foi sua última noite.

Meu colega do turno da manhã a encontrou em sua cama, com um caderno espiral de folhas âmbar grudado no peito, como se a própria vida fosse encontrada dentro dele. Tive a oportunidade de vê-la pela última vez, antes de transmitir as tristes notícias à filha, que dormia em um canto do hospital. O rosto inexpressivo de Eloísa era muito expressivo e refletia a maior satisfação que alguém poderia imaginar: a do amor realizado.

Mais tarde, o jovem médico que veio fazer as anotações pertinentes pegou o livreto e o colocou no canto da pequena mesa de cabeceira. *São cartas de amor, doutor. Quer ler por um momento?* ofereci. *Não, obrigado,* ele me respondeu, prático. *Não acho que me interessem. Não quero parecer insensível, enfermeira, mas, com base na minha experiência, porque em algum momento também as escrevi, todas as cartas de amor são ridículas.*

FIM